昔物語治聞集

mukashimonogatarijimonshu

§ 編著 §
中根 千絵 Nakane Chie
加美 甲多 Kami Kouta
久留島 元 Kurushima Hajime

三弥井書店

『昔物語治聞集』目次

『昔物語治聞集』凡例

一、本書において底本としたのは、元禄十四（一七〇一）年板『昔物語治聞集』刊本六巻七冊（東北大学付属図書館「狩野文庫」所蔵）である。

二、一行の文字数や行数は原本通りにはしていない。

三、原本に付されている読点に即して句読点を付した。

四、振り仮名や濁点は原本通りに付した。

五、漢字は当用漢字で統一した。

六、明らかな誤字には「ママ」を付した。

七、会話部分には「　」を付した。

八、小文字表記は、〈　〉を付した。

九、巻数と話数については、基本的に巻〇ノ〇と表記した。

十、漢数字は「〇」表記ではなく「十」表記で統一した。但し、三桁以上の数字は除く。

十一、『昔物語治聞集』は『治聞集』、『宇治拾遺物語』は『宇治拾遺』、『古今著聞集』は『著聞集』と表記した。但し、各目録においては『宇治拾遺』は「治」、『著聞集』は「聞」と表記した。

十二、『宇治拾遺』の本文は新日本古典文学大系『宇治拾遺』（陽明文庫蔵本）を用い、『著聞集』の本文は日本古典文学大系『著聞集』（宮内庁書陵部蔵㈠本）を用いた。

『昔物語治聞集』まえがき

説話集には、説話単体、複数の説話の並び、その集合体としての巻、さらには説話集全体といったような、様々な段階における楽しみ方が存在し、どこに注目するかによってその説話集が魅せる「貌」は大きく変わる場合がある。そこに説話集編者の二重、三重の仕掛けやメッセージが隠されていると、いよいよその説話集の輝きは増す。『治聞集』編者は、江戸という時代において、鎌倉時代の説話集の説話に注目した。そして時には本文を改編し、時には挿絵を載せ、説話を配列しながら『治聞集』という作品を生み出した。時代の隔たりが存在する中で、『宇治拾遺』、『著聞集』から説話を選択したことだけでも『治聞集』編者の強い意気込みを窺い知ることができる。

時折、垣間見せる『治聞集』編者の主張がまた興味深い。内容を大きく改編することはなく、『宇治拾遺』、『著聞集』の説話を活かしながらも、さりげなく加筆や修正を行っている。例えば、父に対する息子の孝養心を説く巻四ノ六では、『著聞集』と同様の説話を載せながら「男女のまじはり正しく」という『治聞集』独自の付加が認められる。たった十文字のこの付加から『治聞集』の思想や享受対象、さらには時代性までもが想起され得るのである。こういった異同を探し出すことや配列を比較することで、それらのひとつひとつに目を向けて考察を加える。そういった地道な行為の積み重ねが説話の本文研究の醍醐味のひとつであり、また時代を越えて共鳴する説話集の魅力であるということを改めて感じさせてくれたのがこの『治聞集』である。

本書を契機として多くの方々に『治聞集』説話について触れて頂ける機会となれば幸甚である。

（加美　甲多）

『昔物語治聞集』解説

『昔物語治聞集』（以下、『治聞集』と略す）は、貞享元年（一六八四）に出版された説話集であり、中身は『宇治拾遺物語』と『古今著聞集』から説話を抽出して編纂し直したものである。説話の多くに挿絵が付されていて、楽しく頁を繰ることのできる本となっている。

『治聞集』の配列は、出典の中世の説話集の配列と比較すると、百科事典的でもなく、話のモチーフを連環的に配した並びのようにも見えず、その抽出の基準は適当で、雑多な並びのようにみえるが、よく読んでみると、出版された時代の人々の興味に応じて必要とされたものが選び取られ、前の話中の言葉が次の話中の言葉を手繰り寄せるといった具合に連鎖的に話が継がれ、紡がれ、編まれて最終的に集となっているように見受けられる。『治聞集』は、近世における説話への興味・関心、連想の在り方を知るという意味において重要な書物といえるだろう。

『治聞集』諸本については、大久保順子「説話の再編と受容―『昔物語治聞集』と改題本の諸本」（『香椎潟』50、二〇〇四年十月）に詳しいが、本書において底本としたのは、貞享元年（一六八四）板『昔物語治聞集』刊本七巻七冊（序文なし。版元・小林半兵衛）である。序文と巻一については、元禄十四年（一七〇一）板『治聞集』刊本六巻七冊に依ったが、その序文には、次のようなことが書かれている。「宇治大納言物語は白河院時代に源隆国が平等院一切経蔵の南の山際、南泉房という所に閑居してかき集めたもので、そこから漏れたものを添えてできあがったのが宇治拾遺物語である、古今著聞集は、橘成季が建長に書き始めたものである、此の両本の中から説話を拾い、絵を交じえて、最愛の女児のために昔物語の種にもなれよと思って作った」と。大久保氏は「中世説話集からの再編本の刊行には、むしろ仮名草子の類書的・啓蒙的意識に通じる態度が窺われる」としており、首肯しうる見解である。加えて、大久保氏は、『西鶴諸国はなし』巻五ノ二「恋の出見世」の挿絵の発想源として『治聞集』の巻三ノ六の挿絵を挙げている。『治聞集』が『宿直座頭』に題を変えて改版され、その様態を宿直座頭という巧みに語るお伽衆の語りに擬せられていく中で、その影響が西鶴にまで及んだのだとすれば、江戸時代におけるこうした中世の説話の影響力ははかりしれないものがある。

橋本尚子「『昔物語治聞集』改題本の系譜—序文研究を中心に」(『山口国文』26、二〇〇三年三月)の論旨は、改題本の『宿直座頭』が序文に舌耕者の祖先の一休をもちだすことで、咄の文芸作品化を虚構しているといった改題本の序文に関することであるが、そこには『治聞集』と『宇治拾遺物語』、『古今著聞集』の標題対照表が付されており、そこからは、中世の説話集の標題や分類の意識の差が歴然と浮かび上がってくる。

他に、こうした全体を見渡した表からわかるのは、たとえば、『治聞集』では、蹴鞠・管弦といった貴族の教養部分に関する説話は一切とられていないということである。「文学(漢文学)」に関する説話も匡房の話のみである。中世説話の言葉による応酬の面白さは、近世では伝わりにくいものだったかとも思われるが、近世の教養・知識に必要とされた人や物に連ならないものは選択されなかったと考えるのが妥当のように思われる。

一方で、晴明説話はそのすべてが採られている。江戸時代以降、晴明説話が様々な形で受容されるが、『前太平記』においては、刀剣説話の中で、晴明の家が宇治橋を経営していたとも書かれ、軍記物語の刀剣説話からの晴明への関心というものもその背景にあったのかもしれない。

巻四ノ四、巻五ノ十三には「私云」として編者が顔をだすが、巻四は、『和漢朗詠集』からの引用であり、朗詠集のような漢学の教養への興味があったことを思わせる。また、巻五の場合には、現在の寺社の由来に興味を有したと思われる書きぶりを示しており、そうした地誌的な興味は、巻四の奈良の寺に関わっての地理的な話の並びや巻七の有馬温泉寺ゆかりの僧に注目しての話の並びといった具合に、話の連関を考える際にも機能している。

その他、巻四ノ三に大江匡房の道理の舟の話が採られているが、この匡房の話の選択は、同じ漢文学者である菅原文時の話と対になるという意味での並びを意識したものと思われる。ただし、その場合、他の匡房の説話の選択もあり得たはずであったが、ここで、本話を選択したのは、「道理」という儒教的教えを意識したせいではなかったかと考えられる。そのことは、巻四ノ六に「男女のまじはり正しく」の加筆があることからもうかがえる。これは、女子供への儒教的教えを意図したものであったと考えられる。

『治聞集』の編纂方法は、一見してわかりにくいものの、言葉の対照性をもつ二話一類形式での編纂を志向していたようである。それがわかるのは、巻三において、出典の『古今著聞集』「魚虫禽獣」の巻の説話のほぼすべてが採られているにも関わらず、もともと時代順に並べられていたものが『治聞集』では、あえて順番の変更がなされて、二話一類の連想形式の並びに変更されているようにみえることからである。但し、その連想の在り方は、巻三ノ一から二話のつなぎのように、善光寺から牛へといった連想の働かせ方であり、『治聞集』では、俳諧的な柔軟な発想で前の話から次の話へと話中の言葉から言葉へと紡がれる連想を介して配列しているものと思われる。

以上のことから考えうることは、『治聞集』は、江戸時代初期に流行した軍記物語などに現れる人物や物、あるいは身近な寺社の由来、『和漢朗詠集』のような文化的教養を面白く摂取できるようなものとして作成されたものであったということである。『治聞集』は、儒学的思想も取り入れつつ、女子供に座の形式で語るという体裁で編集しようとした説話集として位置付けることができるだろう。

（中根千絵）

『昔物語治聞集』序

宇治大納言の物語は、白河院の御時、源隆国《たかくに》、平等院一切経蔵の南の山ぎは、南泉房《なんせんはう》といふ所に閑居《かんきょ》してかき集められしとや。これに残れるを添《そへ》て、宇治拾遺《しふい》物語といふあり。且亦《かつまた》、古今著聞集《ちょもんしふ》は、橘成季《なりすえ》、建《けん》長の比、筆をそめ給ひしとなん。此両本の中を、おろ〳〵拾《ひろ》ひとり、絵をましへ侍りて、最愛《いとをし》みける女童《めのわらは》の、むかし物語の種《たね》にもなれかしと、こゝろをよするものならし。

『昔物語治聞集』巻一

『治聞集』巻一は、全部で二十五の説話から構成されている。『古今著聞集』の分類に沿ってその内容をみると、神祇、変化、和歌、偸盗、禽獣、恋愛（好色）、闘諍、宿執、釈教、怪異、能書など多岐な内容にわたる説話が収載されている。『古今著聞集』からは十六話、『宇治拾遺物語』からは九話が採録されるが、最後の二話は、空也上人の話が『古今著聞集』、『宇治拾遺物語』からそれぞれ一話ずつ採られており、本巻が人物に焦点をあてて、この二つの説話集から広く自在に説話を選びとり、編纂していることが知られる。

冒頭話として選ばれた話は、上総守が夢に日吉の神感を受け、神詠を賜る話である。本話は中世的な神の序列で図ろうとすると、なぜこの説話集の最初の話として選ばれたのか説明するのは難しい。しかしながら、江戸時代初期の軍記物の流行を背景においてみると、その謎は解ける。上総守とは、『前太平記』巻十五において、源頼光が鬼退治に行く際に任じられた官職である。織田信長も一時、上総守を名乗っている。『前太平記』では、源頼光は鬼退治の前に、石清水八幡宮、熊野、住吉大社と共に日吉大社に詣でており、『太平記』巻十七では日吉大社にこの時、鬼を成敗した刀を奉納したことを語っている。鬼切は、信長、秀吉、徳川の手へと渡ったとされる刀剣であり、それを連想させる話として、第一話の話は選び取られたのではなかったかと考える。次に配された水無瀬山の池が人をとるという話も、中世の説話の世界から眺めると、神祇の話から変化の話へと飛んだようにみえるが、謡曲『紅葉狩り』で鬼女が戸隠しから水無瀬に行くとされている設定をふまえると、そのおおもとにあった『太平記』の「鬼切」からの連想が働いたものと考えられ、連想の媒介として、軍記物語や謡曲などの物語をさしはさみつつ、その連想は「上総守」、「日吉」、「水無瀬」の語を媒介として、自在に次の話を繰りこんでいくようにみえる。

次の二話は、後徳左大臣実定が住吉大社で和歌を詠み、神が感じいったとする話と陽成院の退位後の御所に妖物（浦島子の弟）が現れ、社を建ててほしいと願ったが、見張り番をしていた男がすぐに応じなかったところ、食われてしまったという話である。一見、なんの連想も働かない話のようにみえるが、後徳左大臣実定と陽成院は、どちらも百人一首の作者として知られている。また、前話の水無瀬は、百人一首を選んだ定家の時代、『新古今和歌集』を編ませた後鳥羽上皇の離宮のある場所でもあり、同時代、水無瀬で開かれた歌会も散見する。『摂津国名所図会』にもそうした情報は記されており、近世においては、地誌などを通じて著名であったと思われる。最初の上総守と日吉の神から源頼光の鬼退治を想起した編者は、転じて、百人一首作者へと、俳諧の付け句のような連想をもって展開したものと考えられる。

このように、話の内容とは別の連想の種をもって、本説話集は編まれている。おそらく、近世に好まれた軍記物や謡曲、和歌や漢詩の教養、地誌への興味をもちつつ、二つの中世説話集の言葉に焦点をあてて、一つ一つ話を切り取っていったのであろう。

（中根千絵）

目録

第一　上総守時重《かつさのかみときしけ》日吉の神感にあづかる事

昔一条院の御時、上総守時重と云人有。千部の法花経読誦の願、心中に深《ふか》かりけれども、身貧《まつ》しくして、僧一人かたらふべきはからひなし。思ひかねて日吉の社《やしろ》に詣《まふて》て、二心なく祈《いのり》申けるに、神感《かん》有て、はからざるに上総守になりにけり。任国《にんこく》の最前《さいせん》の得分《とくぶん》をもて、千部の経をはじめてけり。その夜の夢に、貴僧《きそう》枕に来ていはく、「善哉《よきかな》〳〵、汝《なんち》一乗《せう》の転読《てんどく》くはだつる事を」とて、感涙《かんるい》をながしておはしけり。時重、「かく仰らるゝは、誰にて御座候ぞ」とたづね申ければ、貴僧、「我は一乗《いちぜう》の守護十禅師《しゅごしふせんし》なり」と答給ひて、歌をなん詠じたまひけり。

一乗《せう》のみのりをたもつ人のみぞ三世のほとけの師とはなりぬる

時重たふとく覚えて、「生死《しやうし》をば、いかではなれ候べき」と申ければ、

極楽のみちのしるべは身をさらぬこゝろひとつのなをきなりけり

扨かへらせ給ひけるが、立帰《かへり》て又詠ぜさせ給ひける、

あさゆふの人の上をも見きくらむむなしき空のけふりとぞなる

無常をさとるべきよしを、終《をはり》にはしめして、去《さり》給ひにけり。あはれにたふとき事也。

第二　水無瀬《みなせ》山の池人とりの事

むかしみなせやまの奥《おく》に、ふるき池あり。水鳥おほくゐたり。件《くたん》の鳥を、人とらむとしければ、此池に人取《とり》有て、おほく人死《しに》けり。源右馬允《うまのせう》仲隆《なかたか》薩摩守《さつまのかみ》仲俊《とし》新右馬助仲康《やす》、此兄弟《きやうだい》三人、院の上北面《ほくめん》にて、水無瀬殿に祗候《こう》の比、をの〳〵相談《さうたん》して、かの水鳥とらんとて、もち縄《なは》の具《ぐ》など用意して、ゆきむかはんとするを、ある人いさめて、「其池には、むかしより人とり有ておほくとられぬ。はなはたむかふべからず」といひければ、誠《まこと》に無益《むやく》の事なりとてとゞまりぬ。其中に、仲俊一人おもふやう、さるとても人にいひおどされて、させるみえたる事もなきに、とゞまるべきかは。けきたなき事也。我ひとり行てみむとて、小冠者《こくはじや》一人に弓箭《ゆみや》もたせて、我身は太刀ばかり打かたげて暗夜《あんや／くらきよ》にて道もみえねど、しらぬ山中を、たどる〳〵件《くたん》の池のはたに行つきてけり。松の池へおひかけたるが有けるもとにゐて待《まつ》ところに、池の面震動《しんとう》して、浪ゆはめきておそろしき事かぎりなし。弓箭はげて待に、しばしばかり有て、池の中光りて、其ほどはみえねども、仲俊《なかとし》がゐたる所の、松のうへに飛《とび》うつりけり。弓をひかんとすれば、池へ飛かへり。矢をさしはづせば又もとのごとく、松へうつりけり。かくする事たび〳〵になりければ、此者射《い》とめん事は、かなはしと思ひて、弓を打をきて、太刀をぬきて待所に、又松にうつりて、やがて仲俊《なかとし》がゐたるそばへきたりけり。初は、たゞひかり物とこ

そみえつるに、ちかづきたるをみれば、光の中に、としよりたる、うばの、ゑみ〳〵としたる形《かたち》をあらはしてみえけり。ぬきたる太刀にてきらむと思ふに無下《むげ》にまぢかきをよくみれば、物からあんへいに覚えければ、太刀をうち捨てむずととらへてけり。とられて池へひきいれんとしけれど、松の根をつよくふみばりて、引入られず。しばしからかひて腰刀《こしかたな》をぬきて、さしあてければさゝれては、力もよはり、光もうせぬ。毛《け》むく〳〵あるものさしころされてあり。みれば狸《たぬき》なりけり。是を取て、そのゝち局《つほね》へ行て弱ぬ。夜明て仲隆《たか》出きて、夜前ひとり高名《かうみやう》せんとてゆきしは、いかほどの事したるぞとてみければ、すはみ給へとて、古《ふる》狸をなげ出したりけり。かなしくせられたりとて、みあざみけるとなん。

第三　哥の徳により風波《ふうは》の難《なん》をのがれし事

嘉応《かをう》二年十月九日、道因《たうゐん》法師、人々をすゝめて、住吉の社《やしろ》にて、哥合しけるに、後徳大寺左大臣前大納言にておはしけるが、此哥よみ給ふとて、

社頭《しやたうの》月と云《いふ》ことを

ふりにけり松ものいはゝ問てまし
むかしもかくやすみよしの月

かくなんよみ給ひけるを、判の俊成《としなり》はことに感《かん》じける。よの人々もほめのゝしりけるほどに、其此彼家領《かれう》、つくし瀬《せ》

高庄《たかのしやう》の年貢《ねんぐ》つみたりける舟、摂津国《つのくに》をいらんとしける時、悪《あく》風にあひて、すでに入海《じゆかい》せんとしける時、いづくよりかきたりけん、翁《おきな》一人出きて、こぎなをして別事《べちじ》なかりける。ふな人あやしみ思ふ程に、翁のいひけるは、「松ものいはゞの御哥の、おもろふ侍ひて。此辺にすみ侍る、翁の参りつる」と申せといひてうせにけり。住吉大明神の、彼哥を感ぜさせ給ひて、御躰《かたち》をあらはし給ひけるにや。ふしぎにあらたなる事かな。

第四　陽成院《やうせいゐん》ばけものゝ事

むかし陽成院、おりゐさせ給ひての御所は、大宮よりは北、西洞院《にしのとゐ》よりは西、あぶらの小路よりはひがしにてなん有ける。大なる池のありける釣殿《つりどの》に、番のものねたりければ、夜中ばかりに、ほそ〳〵とある手にてこの男が顔《かほ》を、そと〳〵なでけり。けむつかしと思ひて、太刀をぬきて、かた手にてつかみたりければ浅黄《あさき》の上下きたる翁《をきな》の、との外にものわびしげなるがいふやう、「我はこれ、むかし住しぬしなり。浦嶋《うらしま》が子《こ》が弟《おとゝ》なり。いにしへより此所に住て、千二百余年になる也。ねがはくはゆるし給へ。こゝに社《やしろ》をたてゝ、いはひ給へ。さらばいかにもまもりたてまつらん」と云《いひ》けるを、「わが心ひとつにては、かなはじ。此よしを院《ゐん》へ申てこそは」といひければ、「にくき男のいひごとかな」とて、三度上《かみ》さまへけあげ〳〵して、なへ〳〵くた〳〵となして、おつる所を、口をあきてくひたりけり。なへての人ほどなる男と見る程に、おびたゝしく大きになりて、このおとこを一口にくひてけり。

第五　広貴妻《ひろたかつま》の訴《うたへ》により閻魔《えんま》王宮へめさるゝ事

むかし藤原広貴といふもの有けり。死《しゝ》て炎魔の廰《ちやう》にめされて、王《わう》の御前とおほしき所にまいりたるに、王のたまふやう、「汝《なんち》が子を孕《はらみ》て、産《さん》をしそこなひたる女しにたり。地獄《こく》におちて、くるしみをうくるに、愁《うれへ》申ことのあるによりて、汝をばめしたる也。まづさることあるか」ととはるれば、ひろたか、「さる事さふらいき」と申す。王のたまはく、「つまのうたへ申心は。我《われ》男に具《ぐ》して、ともに罪《つみ》をつくりて、しかもかれが子を産《うみ》そこなひて、死して地こくにおちて、かゝるたへがたきくるしみをうけ候へども、いさゝかもわが後世《ごせ》をもとふらひさふらはす。されば我一人くるしみをうけさふらふべきやうなし。広貴をも、もろともにめして、おなじやうにこそ、くるしみをうけさふらはめと申によりてめしたるなり」とのたまへば、ひろたかゞ申やう、「此訴《うたへ》申こと、尤《もつとも》ことはりに候。おほやけわたくし、世をいとなみ候あひだ、思ひながら後世をばとふらひ候はで月日はかなく過《すぎ》さふらふ也。但いまにをき候ては、ともにめされて、くるしみをうけ候とも、かれがためにくるしみのたすかるべきに候はず。されば此度は、いとまを給りて、娑婆《しやば》にまかり帰《かへり》て、妻《つま》のためによろづをすてゝ、仏経をかき、供《く》養《やう》して、とふらひ候はん」と申せば、王「しばしさふらへ」とのたまひて、かれがつまを召よせて、汝が夫《おつと》ひろたかゞ申やうを問《とひ》給へば、「実《げに》々経仏をだに書供養《くやう》せんと申候はゞ、とくゆるし給へ」と申ときに、又ひろたかをめし出て、申まゝのことを仰聞せて、「さらば此たびはまかり帰れ。たしかにつまのために、仏経をかきくやうして、とふらふべきなり」とてかへしつかはす。広貴《ひろたか》かゝれども、是はいづく誰が

のたまふぞともしらす。ゆるされて座を立て、かへる道にておもふやう、「此玉のすたれのうちにゐさせ給ひて、かやうにもの、さたして、我をかへさる、人は、たれにかおはしますらん」と、いみじくおぼつかなくおほえければ。又まいりて庭にゐたれば、すだれのうちより、「あのひろたかは、かえしつかはしたるにはあらずや。いかにして又参りたるぞ」ととはるれは、広貴が申やう、「はからざるに御恩《をん》をかうふりて、かへりかたき本国へ帰《かへり》候事を、いかにおはします人の仰とも、えしり候はで、まかり候はん事の、きはめていぶせく、口おしく候へば、おそれながら、これをうけたまはりに、又まいりて候なり」と申せば、「なんぢふかくなり。閻浮提《えんふたい》にしては、我を地蔵菩薩《さうほさち》と称《せう》ず」とのたまふをき、て、さては炎魔《えんま》王と申は、地蔵にこそおはしましけれ。此菩薩につかへば、地ごくのくるしみをば、まぬかるべきにこそあんめれとおもふほとに、三かといふに活かへりて、其後つまのために、仏経をかきくやうしてけりとぞ。日本法華験記《にっほんほつけけんき》に見えたりとなん。

第六　ぬす人觱篥《ひちりき》を感《かん》ずる事

むかし博雅《はくが》の三位の家に、ぬす人いりたりけり。三品板敷《ひんいたしき》の下に逃《にげ》かくれにけり。盗《ぬす》人かへり去て後、はひ出て、家のうちを見るに、残りたる物なく、皆とりてけり。ひちりきひとつを取残したりけるを、ふきならし給へば、出て去ぬるぬす人、はるかにこれを聞て感情《かんせい》おさへがたくして帰《かへり》きたりていふやう、「たゞいまの、御ひちりきのねをうけたまはるに、あはれにたふとく候て、悪心みなあらたまりぬ。とる所の物ども悉《ことく》くかへし来るべし」といひて皆をきて出にけり。昔の盗人は、またかく優《ゆう》なる心もありけり。

第七　武徳殿《ふとくてん》ばけもの、事

仁和三年八月十七日、亥《いの》時ばかりに、ある者道《みち》行人に告《つけ》けるは、武徳殿のひがしの松原の西に、みめよき女房三人、東へ行けり。松の下に容色《ようしょく》美廉《ひれい》なる男出来て、一人の女の手をとりて、物語しけるが、数刻《すうこく》を経《へ》て声も聞えずなりぬ。驚《おどろ》きあやしみて見れば、その女手あしをれて地にあり、かしらはみえず。右衛門左兵衛陣《ぢん》に宿直《とのゐ》したる男、此事の事を聞て、行見ければ、其かばねもなかりけり。鬼のしはざにこそ。次の日諸寺の僧を請《しやう》ぜられて、読経《とくきやう》の事有けり。その僧共は、朝堂《てうたう》院の東西の廊《らう》に宿直したりけるに、夜中ばかりに騒動《さうとう》の声のしければ、僧ども坊の外《と》へ出て見れば、やがてしづまりて、何事もなかりけり。「これはされば、なに事によりて出つるぞ」と、をの〳〵たがひに問けれども、誰もわきまへたる事なかりけり。ものにとらかされたりけるにこそ。此月に、宮中《きうちう》かやうの事共おほく聞えけり。

第八　修行者《しゆきやうしや》百鬼《き》夜行にあふ事

むかし修行者の有けるが、摂津《つの》国までいきたりけるに　日くれて、龍泉寺《りうせんし》とて、大なる寺のふりたるが、人もなきありけり。これは人やどらぬ所といへども、其あたりに又やどるへき所なかりけれは、いかゞせんと思て笛《おひ》うちおろして、内に入てけり。不動《ふとう》の咒《しゆ》をとなへてゐたるに、夜半《よなか》ばかりにやなりぬらむと思ふほどに、人ゝの聲あまたしてくる音す也。見れば手ごとに火をともして、百人ばかり、此堂のうちに来《き》つどいたり。ちかくて見れば目ひとつつきたりなど、様〳〵なり。人にもあらす、あさましきものどもなりけり。あるひは角《つの》おひたり、かしらもえもいはずおそろしげなるものともなり。おそろしと思へどもすべき様《やう》もなくてゐたれば、をの〳〵皆ゐぬ。一人《ひとり》ぞまた所もなくてえゐすして、火をうちふ

りて、我をつく〳〵とみていふやう、我ゐるべき座に、あたらしき不動尊《ふとうそん》こそゐ給ひたれ。こよひばかりは外におはせとて、片《かた》手して我を提《ひさげ》て、堂の縁《えん》の下にすへつ。さるほとに暁《あかつき》になりぬとて、この人々の、しりてかへりぬ。まことにあさましくおそろしかりける所かな。とく夜のあけよかしいなんと思ふに、からうして夜明たり。うち見まはしたれば、ありし寺もなし。はる〳〵とある野の来《こ》しかたもみえす、人のふみ分たる道も見えず、ゆくべきかたもなければあさましとおもひてゐたる程に、希《まれ》〳〵馬にのりたる人どもの人あまたぐして出来たり。いとうれしくて、「こゝはいづくとか申候」ととへば、「なとかくはとひ給ふぞ。肥前国《ひせんのくに》ぞかし」といへはあさましきわざかなと思ひて、事のやうくはしくいへば、この馬なる人も、「いとけうの事かな。ひぜんのにとりても、これはおくの郡《こほり》也。是はみたちへまいるなり」といへば。修《しゆ》行者よろこびて、「道もしり候はぬに、さらば道までもまいらん」といひて、いきければ、こより京へ行へきみちなどをしへければ、舟たづねて京へのほりにけり。さて人どもに、「かゝるあさましき事こそ有しか。津の国の龍泉寺《りうせんし》といふ寺にやどりたりしを、鬼どもの来て、所せばしとて、あたらしき不動尊、しばし雨だりにおはしませといひて、かき抱《いたき》て、雨だりにつゐすゆと思ひしに、ひぜんの国の、おくの郡にこそゐたりしが、かゝるあさましき事にこそあひたりしか」とぞ。京にきて語りけるとぞ。

第九　三河といふ童《わらはほつしん》発心の事

むかし御室に、ちとせといふ御寵童《てうとう》ありけり。みめよくこゝろさまゆうなりけり。笛《ふえ》をふきいまやうなどうたひければ、御いとをしみ甚《はなはた》しかりけるほどに、又三河といふ童《わらはしよさん》初参したりけり。さうのことひき、哥よみ侍りけり。これも寵《てう》有て、ちとせが御おぼえをとりにければ、面目なしとやおもひけん。退出《たいしゆつ》してひさしく参らざりけり。ある日酒宴《しゆえん》のこと有て、さま〳〵の御あそび有けるに、御弟子《でし》の守覚《しゆかく》法親王《しんわう》なども其座におはしましけり。ちとせはなど候はぬやらむ。「めして笛《ふえ》ふかせ、いまやうなどうたは候はゞや」と申させ給ひければ。則御つかひをつかはしめされけるに、このほど所労《しよらう》の事候とて、まいらざりけり。御使再《さい》三にをよびければ、さのみは子細《しさい》申かたくてまいりにけり。けんもんしやの両面のすいかんに、むらごに雀《すゝめ》のゐたるをぞ縫《ぬい》たりける。むらさきすそごの袴《はかま》をきたり。ことにあさやかにさうぞきたれども、物をおもひ入たるけしきあらはにて、しめりかへりてそ見えける。御室《むろ》の御前に、御盃をさへられたるおりにて有ければ、人々ちとせに、いまやうをすゝめければ、

過去無数《くはこむしゆ》の諸仏《しよふつ》にも、すてられたるをばいかゞせむ。
現在《げんさい》十方の浄土《しやうと》にも、往生《わうしやう》すべきこゝろなし。たとひ
罪業《さいこう》おもくとも、引接《いんぜう》したまへ弥陀仏

とそうたひける。諸仏に捨らるゝ所をば、すこしかすかなるやうにそいひける。おもひあまれる心の色現《あら》はれて、あはれなりければ、きく人皆なみだをなかしけり。興宴《けうえん》の座も事さめて、しめりかへりければ御室はたへかねさせ給ひて、ちとせをいだかせ給ひて、御寝所《しんしよ》に入御《しゆぎよ》ありけり。満座《まんざ》いみじがりのゝしりけるほどに、その夜も明ぬ。御室御寝所《ねところ》を御らんじければ、くれないのうすやうの重《かさな》りたるを、ひきやりて、哥をかきて御枕屏風にをしつけたりける

たづぬへき君ならませは《さイ》つげてまし
いりぬるやまの名をばそれとも

あやしくてよく〱御らんじければ、三河が手なりけり。いまやうにめでさせ給ひて、又ふるきに御心の花を見て、かくよみ侍るにこそ。扨御たづね有ければ行がたをしらすなりにけり。高野《かうや》にのぼりて、法師になりにけるとかや聞えし。

第十　法花経ちやうもんする猿の事

むかしゑちごの国に、乙寺といふ寺に法花経持者《ちしや》の住僧《ちうそう》、あさ夕誦《じゆ》しけるに、二の猿きたりて経を聞《きゝ》けり。二三日をへて、僧こゝろみに猿に向て云《いふ》やう、「汝《なんぢ》何の為に、常《つね》に来るそ。もし経を書奉らんとおもふか」といへば、此猿　掌《たなこゝろ》を合せて、僧を順礼《しゆんれい》しけり。あはれに不思議におもふ程に、五六日をへて、数《す》百の猿あつまりて、楮《かふす》の木を負《おひ》て来りて、僧の前にならべ置たり。此時僧これを取て、料紙《れうし》に漉《すき》て、やがて経を書奉る。その間此猿《さる》さま〳〵の菓《このみ》をもちて、日々にきたりて僧にあたへけり。かくて第五巻にいたる時、この猿見えす。あやしく思ひて、山をめぐりて求《もとむ》るに、ある山のおくに、かたはらにやまのいもをきて、かしらを穴《あな》の中にいれて、さかさまにして此猿死《しゝ》てあり。やまのいもをふかくほり入て、穴《あな》におち入て、えあがらすして死たるなめり。僧あはれにかなしき事かぎりなし。その猿のかばねを埋《うつ》みて、念仏申て廻向《ゑかう》して帰《かへり》ぬ。その後経をば書をはらずして、寺の仏前のはしらをゑりて、其中に奉納《ほうなふ》して去《さり》ぬ。其後四十余《よ》をへて、紀躬高《きのみたか》朝臣当国の守《かみ》になりて、くだりたりけるに、先彼《まつかの》寺にまふでゝ、住僧をたづねて問《とふ》やう、「もし此寺に書をはらざる経やおはします」と尋ぬれば、そのむかじの持経の僧、いまだいきて八旬の齢にて出て、此経の根源《こんけん》をかたる。国司《こくし》大きに歓喜《くわんき》していはく、「我この願を果《はた》さんがために、当国の守《かみ》に任《にん》してくだり来り。むかしの猿《さる》は我なり。経のちからによりて。人身《にんしん》をえたるなり」とて、則更に三千部を書奉り。かの寺にいまにありと。更にうきたる事にあらす。

第十一　双六の口論にて人をころす事

むかし静賢《しやうけん》法印の許《もと》に、むまのぜうなにがしとかや。ゆゝしくちからつよく、けなげなる男有けり。あるときこともあらぬ小冠者《こくはじや》と、双六を打けるほどに、口論《こうろん》をしあがりて、此小冠《せうくはん》をひきよせて、へその下をつきてけり。柄《つか》ぐちまでつきたりければ、いきをすべくもなかりけるに、小冠すこしもおどろきたるけしきもなく、やがて敵《てき》にしがみつきて、刀をうばひとりて、さしも大力の大男を、をしふせて、上にのりかゝり、刀をさしあてゝ、ころさんとしけるが、いかゞおもひけん、まづ我はらわたをかきいだして、疵《きず》を見ていふやう、「汝これほとになりたれば、害《かい》せん事とゞこほりあるべからす。但わが疵いたでにて、必死《かならすしぬ》へき身なり。功徳《くどく》になんぢが命たすけん。最後《さいご》に罪《つみ》つくりてよしなし」といひて、事なくておりぬ。扨法印の前にゆきて、かゝる事こそ候ひつれとて、事の次第ばじめより申てやがてたふれふして死《し》にけり。ゆゝしかりける剛《かう》の者なりかし。

敵《かたき》の男ひごろ大力の者とて、人におぢられつれども、さばかりの小冠を、かたきにえて、つきころしたるだにおもはずなるに、はてにはへしふせられて、刀うばひとられて、既《すで》に害《ころ》されぬべかりけるが、慈悲《しひ》に任《にん》じてゆるされにける。日来《ひころ》のかうのものゝ覚え、何の益《えき》か侍るや。彼男この事を悔《くい》て、死たる小冠《せうくはん》が父《ちゝ》の許《もと》に行ていひけるは、「我かゝるあやまりを仕て侍り。既《すで》にころされぬべかりつるを。しか〳〵のたまひ、命をばゆるし給へる也。悔《くゐ》てもあまりあり。彼怨敵《かれをんでき》なれば、はやくいかにもし給ふべし」といひけるを、父聞て、「おもふやう有て

こそ、さやうにもゆるし申けめ。なんぢをころしたりとても我子活《いき》かへりてきたるまじ」とて。ともかくもせざりけり。其時このおとこ、やがてそこにてもとゞり切て、彼父《かのちゝ》にとらせて、高野《かうや》へとてぞ行ける。人を害《ころ》すほどにては、このやうも、又しかるべからず。事にをきて、ふかくなりける男也。さりながら一旦《たん》も発心《ほつしん》して、頭《かしら》をそりて、高野にこもりけるこそ、先世《ぜんせ》の善知識《せんちしき》なれ。

第十二　あづま人生贄《いけにゑ》をとゞむる事

むかし山陽道《さんやうたう》美作国《みまさかの》に、中さん、かうやと申神おはします。かうやは、くちなは、中さんは、猿《さる》丸にてなんおはする。その神、としごとの祭《まつり》にかならずいけにゑを奉る。人のむすめのかたちよく、髪《かみ》ながく色しろく、みなりおかしげに、すがたらうたけなるをぞ撰《えらひ》もとめて奉りける。むかしよりいまにいたるまで、其まつりおこたり侍らす。それにある人のむすめ、生贄《いけにゑ》にさしあてられにけり。親《おや》共なきかなしむことかぎりなし。人のおや子となる事は、さきの世の契《ちぎ》りなりければ、あやしきをだにをろかにやはおもふ。ましてよろづにめでたければ、身にもまさりてをろかならずおもへども、さりとてのがるべからねば、なげきながら月日を過すほどに、漸《やう〱》命つゞまるを、親子とあひ見む事、いまいくばくならずと思ふにつけて、日をかぞへて、明暮はたゞねをのみなく。かゝるほどに、あつまの人の、猟《かり》といふ事をのみやくとして、猪《ゐ》のしゝといふものゝ腹《はら》たちしかりたるは、いとおそろしきもの也。それをだに何とも思ひたらず、心にまかせてころしとり喰《くふ》事をやくとするものゝ、いみじう身のちからつよく、心たけく、むくつけきあら武者《むしや》の、をのづからいできて、其わたりにたちめぐるほどに、この女の父母《ちゝはゝ》のもとにきにけり。物がたりするつゐでに、女の父のいふやう、「をのれがむすめの、たゞひとり侍るをなん。かう〱のいけにゑにさしあてられ侍れば、おもひくらし、なげきあかしてなん、月日を過し侍る。世にはかゝる事も侍りけり。さきの世に。いかなるつみをつくりて、この国にむまれて、かゝるめをみ侍るらん。かの女ごも、心にもあらずあさましき死《しに》をし侍なんずるかなと申。いとあはれにかなしう侍る也。さるはをのれがむすめとも申さじ。いみじう美《うつく》しげに侍るなり」といへば。あづまの人、「さて其人は今は死《しに》給ひなんずる人にこそおはすれ。人は命にまさる事なし。身のためにこそ、神もおそろしけれ。此たびの生贄《いけにえ》を出さずして、其女君を、みづからにあづけたぶべし。死給はんもおなじ事にこそおはすれ。いかでかたゞひとり、もちたてまつり給へらん。御むすめを、めの前に、いきながら鱠《なます》につくり、きりひろげさせては見給はん、ゆゝしかるべき事なり。さるめ見給はんも、おなじ事也。たゞ其君を我に預《あつ》けたまへ」と、ねんごろにいひければ、げにまの前に、ゆゝしきさまにて、死《し》なんを見むよりはとて、とらせつ。かくてあづま人、このむすめのもとに行て見れば、かたちすがたおかしげ也。愛敬《あいきやう》めでたし。物思ひたるすがたにて、よりふして、手ならひをするに、なみだの袖のうへにかゝりてぬれたり。かゝるほどに人のけはひのすれゝ。髪《かみ》を顔《かほ》にふりかくるを見れば、髪もぬれ、貌《かほ》もなみたにあらはれて、おもひ入たるさまなるに、人のきたれば、いとゞつゝましげに思ひたるけはひして、すこしそばむきたるすがた、誠にらうたげなり。をよそけたかくしなく〳〵しう、おかしげなる事、田舎《いなか》人の子といふべからす。あづま人これを見るに、かなしき事いはんかたなし。さればいかにも〳〵、我身なくならばなれ。たゞこれにかはりなんとおもひて、此むすめの父母にいふやう、「思ひかまふる事こそ侍れ。もし此君の御事によりて、ほろびなどし給はゞ、くるしとやおほさるべきととへば、このためにみづからはいたづらにもならばなれ。更にくるしからず。いきてもなにゝかはし侍らむずる。たゞおほされんまゝ

に、いかにも〳〵し給へ」といらふれば、さらば此祭《まつり》の御きよめする也とて、注連《しめ》ひきめぐらして、「いかにも〳〵人なよせ給そ。又これにみづから侍るとな、ゆめ〳〵しらせ給ひそ」といふ。さて日ごろこもりゐて、此女房とおもひ住《すむ》事いみじ。かゝるほどに、としごろ山につかひならはしたる犬《いぬ》の、いみじきなかに、かしこきをふたつえりて、それにいきたる猿丸をとらへて、明くれやみ〳〵と食《くゐ》ころさせてならはす。さらぬだに猿丸と犬とはかたきなるに、いとかうのみならはせば、猿を見てはをどりかゝりて、食ころす事かぎりなし。さて明くれは、いらなき太刀をみがき、かたなをとぎ剣《けん》をまふけつゝ、たゞこの女の君と、ことくさにするやう、「あはれさきの世に、いかなるちぎりをして、御命にかはりて、いたづらになり侍りなんとすらん。されと御かはりとおもへば、命は更におしからず。たゞ別れきこえなんすと思ひ給ふるが、と心ぼそくあはれなる」などいへば、女もまことに、「いかなる人のかくおはして、思ものし給にか」といひつゞけられて。かなしうあはれなる事いみじ。さて過行ほどに、其祭《まつり》の日になりて、宮づかさよりはじめ、よろづの人々こぞりあつまりて、迎《むかひ》にのゝしりきて、新《あたら》しき長櫃《ひつ》、此むすめのゐたる所にさし入ていふやう、「例《れい》のやうにこれに入て、その生贄《いけにゑ》いだされよ」と

いへば、此あづま人、「たゞこのたびの事は、みづからの申さんまゝにし給へ」とて、此櫃《ひつ》にみそかに入臥《いりふし》て、左右《さう》のそばに、この犬どもをとり入ていふやう、「をのれら此日来《ひごろ》、いたはりかひつるかひ有て、此度のわが命にかはれ。をのれらよ」といひてかきなづれば、うちうめきて、わきにかいそひてみなふしぬ。また日来とぎみがきつる太刀かたな、みなとりいれつ。さて櫃《ひつ》のふたをおほひて、布《ぬの》してゆひて、封《ふう》付て、わがむすめを入たるやうに思はせて、さしいだしたれば、桙榊鈴鏡《ありくさかきすゞかゝみ》をふりあはせて、さきをひ訇《のゝし》りてもてまいるさまいといみじ。さてむすめこれを聞に、我にかはりて。此おとこのかくしていぬるこそ、とあはれなれとおもふに、又「無為《ふゐ》にこといてこば、我親《おや》たちいかにおはせん」と、かた〳〵になげきゐたり。されども父母のいふやうは、「身のためにこそ。神も仏もおそろしけれ。しぬる事なれば、今はおそろしき事もなし。おなじ事をかくいひてもなにせん。いまはほろびんもくるしからず」といひゐたり。かくて生贄《いけにゑ》を御社《みやしろ》にもてまいり。神主祝《かんぬしのと》いみじく申て、神のおまへの戸《と》をあけて、この長櫃《ひつ》をさし入て、戸をもとのやうにさして、それより外《そと》の方《かた》に宮づかさをはじめて、次〳〵の司《つかさ》ども、次第に皆ならびゐたり。さるほどに、此櫃《ひつ》を刀《かたな》のさきして、みそかに穴《あな》をあけて、東人《あつま》見ければ。まことにえもいはず、大なる猿の、たけ七八尺ばかりなる、顔《かほ》と尻《しり》とはあかくして、むしり綿《わた》をきたるやうに、いらなくしろきが、毛《け》はおひあがりたるさまにて、横座《よこさ》にゐたり。つき〳〵の猿ども、左右に二百ばかりなみゐて、様々に顔をあかくなし、まゆをあげ、聲〳〵になきさけびのゝしる。いと大きなるまな板に、ながやかなる包丁刀《はうちやうかたな》を具《ぐ》して置《をき》たり。めぐりには酢《す》酒塩入たる瓶《かめ》どもなめりと見ゆるあまたをきたり。さてしば〳〵ばかりあるほどに、このよこ座にゐたるこけ猿よりきて長櫃《ひつ》の結緒《ゆひを》をときて。、たをあけんとすれば、次〳〵猿どもみなよらむとする程に、此男「犬ども食《くら》へ。をのれ」といへば、二の犬をどり出て、中に大きなる猿をくひて、うちふせてひきはりて、食《くい》ころさんとするほどに、このおとこ髪《かみ》をみだりて櫃《ひつ》よりをどり出て、氷《こほり》のやうなるかたなをぬきて、其猿をまな板の上にひきふせて、首《くび》にかたなをあてゝ、云《いふ》やう、「わをのれが人の命をたち、其しゝむらを食などする物は。かくぞある。をのづからうけたまはれ。たしかにしや首切《くひ》て、犬にかひてん」といへば。

かほをあかくなして、目をしばたゝきて、歯《は》をましろにくひ出して、目より血《ち》のなみだをながして、まことにあさましき顔《かほ》つきして、手をすりかなしめども、更《さら》にゆるさずして、「をのれがそこばくのおほくの年ごろ、人の子共を食《くい》、人のたねをたつかはりに、しや首きりてすてん事、たゞいまにこそあめれ。をのれが身さらば我をころせ。さらにくるしからず」といひながら。さすがに首をばとみにきりやらず。さるほとに此二の犬どもに、をはれて、おほくの猿ども、みな木のうへににげのぼり、まとひさはぎ、さけびのゝしるに、山も響《ひゝき》て地もかへりぬべし。かゝるほどに、一人の神主《かんぬし》に神つきてゝいふやう、「けふより後、さらに〳〵此生贄をせじ。ながくとゞめてむ。人をころす事、こりともこりぬ。命をたつことといまよりながくし侍らじ。又我をかくしつとて、このおとことかくし、又けふのいけにゑにあたりつる人のゆかりを、れうし煩《わつら》はすべからず。あやまりて、其人の子孫《しそん》の末〳〵にいたるまでも、たゝりをなさじ。我守《まも》りとならむ。たゞとく〳〵此度のわが命をこひうけよ。いとかなし。我をたすけよ」とのたまへば、宮司《みやじ》神主《かんぬし》よりはじめて、おほくの人どもおどろきをなして、みな社《やしろ》のうちに入立て、さはぎあはてゝ、手をすりてことはりす。をのづからさぞ侍る。たゞ御神にゆるし給へ。御神もよくぞ仰らるゝといへども。此あづま人、「さなゆるされそ。人の命をたちころすものなれば、きやつにものわびしさしらせんとおもふ也。我身こそあなれ、たゞころされむくるしからず」といひて、更にゆるさず。かゝる程に、此猿の首《くひ》はきりはなたれぬと見ゆれば、宮つかさも手まどひして、まことにすべきかたなければいみじきちかごとゞもを立て祈《いのり》申て、今より後は、「かゝる事さらにすべからず」など神もいへは、「さらばよし〳〵、いまより後はかゝる事なせそ」といひふくめてゆるしつ。さてそれより後は、すべて人を生贄《いけにゑ》にせずなりにけり。さて其男家にかへりて、いみじう男女あひおもひて、年ごろの妻夫《めをと》になりてすぐしけり。男はもとよりゆへ有ける人の末なりければ、くちおしからぬさまにて侍りけり。其後は、かの国にゐのしゝをなん生贄にしはへりけるとそ。

第十三　山門の僧鬼《おに》になる事

むかし山に、うへ杉の僧都《そうつ》といふ人ありけり。法に執《しう》ふかくて、たやすく弟子《でし》などにもさづけざりけり。死《し》て後、住房《ぢうばう》の天井《てんじゃう》の上に、重《おも》き音なひしておちかゝるもの聞えけり。「あらくるしや」とぞいひける。きく人怖畏《ふい》をなしながら、「誰人《たれ》にてかくは」と問《とい》たりければ、「我はそれがし也。法慳悋《ほうけんりん》の罪《つみ》によりて、手もなき鬼となれる也」とぞいひける。秘《ひ》すべき事も、いたくすぎぬるが、罪となるにこそ。よくこゝろうへき事也。

第十四　絵仏師家の焼るを見てよろこぶ事

むかし絵仏師良秀《よしひで》といふありけり。家のとなりより火いできて、風をしおほひてせめければ、にげ出て大路《ち》へ出にけり。人のかゝする仏もおはしけり。また衣きぬ妻子《さいし》なども、さながら内に有けり。それもしらずたゞにげ出たるをことにして、むかひのつらにたてり見れば、すでに我いへにうつりて、けふりほのほくゆりけるまで、おほかたむかひのつらにたちてながめければ、あさましき事とて、人どもきとふらひけれど、さはかず。「いかに」と人いひければ、むかひにたちて、家

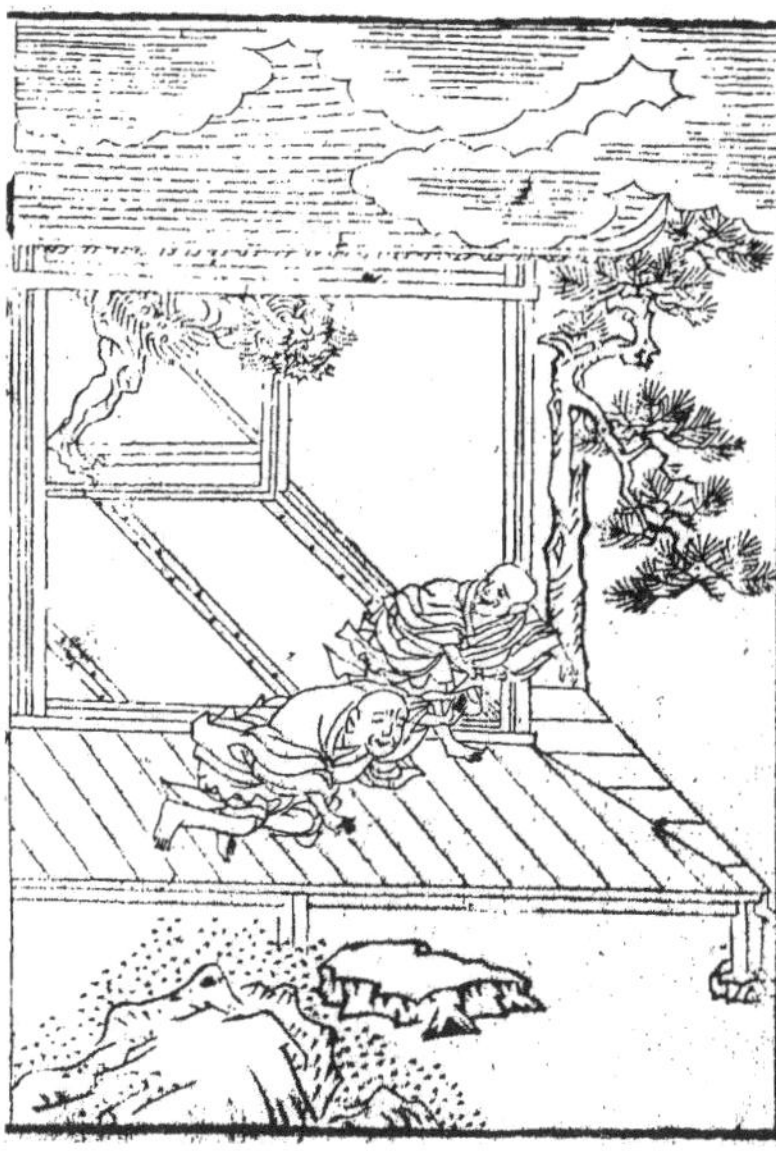

の焼るを見て打うなづきて、とき〳〵笑《わら》ひけり。「あはれしつるせうとくかな。としごろは、わろくかきける物かな」といふ。ときにとふらひにきたる者とも、「こはいかに。かくてはたち給へるぞ。あさましき事かな。もの、つき給へるか」といひければ、「なんでうもの、つくべきぞ。としころ不動尊《ふとうそん》の火焔《くはゑん》を、あしくかきける也。いま見れば、かうこそもえつれとこゝろえつる也。是こそせうとくよ。此道をたてて世にあらむには、仏だによくかきたてまつらば、百千の家もいできなん。わたうたちこそ。させる能《のう》もおはさねば、物をもおしみ給へ」といひて、あざ笑ひてこそたてりけれ。其ゆへにや、良秀がよぢり不動とて、いまに人々めであへり。

第十五　蛇《くちなは》針におそれし事

むかし摂津国《つのくに》ふきやといふ所に、下女有けり夏ひるねしたりけるに、家のたる木に、大きなる蛇まとひつきてありけり。此女のうへにて、尾《お》をたる木にまとひて、かしらをさげて落かゝらんとしけるが、又引かへし〳〵する事、度々《たひ〳〵》になりにけり。女が夫《おつと》ふしぎの様《やう》かなとおもひて、事の様みはてむとおもひて、追《おひ》ものけずして、かくれよりのぞきゐたるに、かく度々しけれども、いかにも落かゝらざりければ、あやしくて、女をよりて見ればかたびらのむねに、大きなる針《はり》をさしたりけるが、きら〳〵として見えけり。もしこれに怖《おそ》るゝかとおもひて。針をぬきて、又もとの所にて見るに、やがて蛇《くちなは》おちかゝりにけり。其時よりて打はなちつ。すなはち女おどろきてかたりけるは、「夢《ゆめ》にも非《あら》ずうつゝにもあら

で。うつくしき男のきて、我をばけさうしつるを、なんぢきて追《をひ》さまたげつる也」とぞいひける。されば人の身には、鐵《くろかね》のたぐひをば、かならず持《もつ》べきなり。わづかなる針にだに、毒虫《どくちう》おそれをなす事かゝり。況《いはんや》太刀におひてをや。必《かならず》武勇《ぶよう》をたてずとも、守《まも》りのためにもつべき也。

第十六　浄蔵《じやうざう》法師前生《せんしやう》のかばねに逢事

むかし有ける浄蔵法師は、やむごとなき行者《きやうしや》也。かづらき山におこなひける比、金剛《こんかう》山の谷に、大きなる死人《し》のかばね有けり。かしら手足つゞきて臥《ふし》たり苔《こけ》あをく生《おひ》て、石を枕にせり。手に独鈷《とつこ》をにぎりたり。金色《かないろ》さびずしてきらめきたり。浄蔵大きにあやしみて、其谷《たに》にとゞまりて、是何人のかばねといふ事をしらむと、本尊に祈請《きせい》しけるに、第五日の夜、夢に人つげていはく、「是はなんぢがむかしの骨《ほね》也。速《すみやか》に加持《かち》して、彼独鈷《かのとつこ》を得《う》へき」と云。さめて屍《かばね》にむかひて、声をあげて加持するに、かばねはたらきうごきて起《おき》あがりて掌《たなごゝろ》をひらきて、独鈷を浄蔵にあたへてけり。そのゝちたきゞをつみてはふりて、上に石の率都婆《そとは》をたてけり。件《くだん》のそとは、いまにかの谷にありとなん。爰に浄蔵は、多生《たしやう》の行人なりといふ事をしりぬ。又ひえのやま横《よ》川に三年こもりて、六道衆生の為に、毎日法華経六部をよみ、三時の行法《きやうほう》を修《しゆ》し、六十反《へん》の礼拝《らいはい》をいたし、廻向《ゑかう》しけり。そのゝち護法《ごほう》かたちをあらはし、花をとり水をくみて給仕《きうじ》したまひけるとそ。

第十七　御堂関白《みたうのくはんはく》殿の犬晴明等きとくの事

むかしみだうの関白殿、法成寺《はうじやうし》をこんりうし給ひて後は、日ごとに、御堂へまいらせ給ひけるに、しろき犬《いぬ》を愛《あい》してなん飼《かは》せ給ひければ、いつも御身を、はなれず御供《とも》しけり。ある日例《れい》のごとく御ともしけるが、門をいらんとしたまへば、此犬、御さきにふたがるやうにほえまはりて、内へいれ奉らじとしければ、「何条《なんてう》」とて、車よりおりて、いらんとし給へば、御衣のすそをくひて、ひきとゞめ申さんとしければ、「いかさま、やうある事ならん」とて、榻《しぢ》をめしよせて、御尻《しり》をかけて、晴明《せいめい》に、「きとまいれ」と、めしにつかはしたりければ、せいめいすなはちまいりたり。「かゝる事のあるはいかゞ」と尋ね給ひければ、晴明、しばし占《うらな》ひて、申けるは、「これは君を呪咀《しゆそ》し奉りて候ものを、道にうづみて候。御こえあらましかば、あしく候べき。犬は通力《つうりき》のものにて、告《つげ》申て候也」と申せば、「さて、それはいづくにか埋《うづ》みたる。あらはせ」とのたまへば、「やすく候」と申て、しばしうらなひて、「こゝにて候」と申所を、ほらせて見給ふに、土五尺ばかりほりたりければ、案《あん》のごとくもの有けり。土器《かはらけ》をふたつうちあはせて、黄なる紙《かみ》ひねりにて、十もんじにからげたり。ひらきて見れば、中にはものもなし。朱砂《しゆしや》にて、一文字をかはらけの底《そこ》に書《かき》たるばかりなり。「晴明が外《ほか》には、しりたるもの候はず。もし道摩《たうま》法師やつかまつりたるらん。報ひして見候はん」とて、ふところより紙をとりいだし、鳥のすがたに引むすびて、呪《しゆ》を誦《しゆ》しかけて、空へなげあげたれば、たちまちに、白鷺になりて、南をさして飛ゆきけり。「此鳥のおちつかん所を見てまいれ」とて、下部《しもべ》をはしらするに、六條坊門万里小路辺《はうもんまでのこうぢへん》に、ふりたる家の、もろ折戸《をりど》の中へおち入にけり。すなはち、家主《いへぬし》、老法師《ほうし》

にてありける、からめとりてまいりたり。呪咀《しゆそ》のゆへを問《とは》るゝに、「堀河《ほりかは》左大臣顕光《あきみつ》公の語《ことは》をえて、仕りたり」とぞ申ける。「此うへは、流罪《るざい》すべけれども、道摩《たうま》が科《とか》にはあらず」とて、「向後《きやうこう》、かゝるわざすべからず」とて、本国はりまへ、をひくだされにけり。此顕光公は、死後に怨霊《をんりやう》となりて、御堂殿辺《へん》へは、たゝりをなされけり。悪霊左府《あくりやうさふ》となづくと云々。犬《いぬ》はいよ〱不便《ふひん》にせさせ給ひけるとなん。

第十八　雲客《うんかく》ふな岡にゆきて虫ふく事

むかし清長《きよなか》卿貫首《くわんしゆ》の時《とき》、殿《てん》上人ども相伴《あいともな》ひて、舟岡《ふなをか》にむかひて、虫をとりけるに、風あらく吹て、清長朝臣の冠《かふり》をふき落してけり。件《くたん》の冠とをくふかれて、死《し》人のかうべの有けるに、人のわざときせたるやうにかゝりにけり。人々あざみあへりけり。さてしもあるべき事ならねば、いぶせながらそのかうふりをとりて着《き》てけり。そのゝち四五月ばかりありて、うせられにけり。かやうの事はあやしむべき事也。

第十九　清水寺の額彩色《かくさいしき》て不思議ある事

むかし大納言なる人の若君《きみ》を、清水寺法師にやしなはせけり。父《ちゝ》もしらざりければ、母のさたにて、養《やしなは》せけるに、乳母《めのと》法師になして、清水寺の寺僧になして、名をは大納言大別当《へつたう》とそいひける。うちなかりける名なりかし。件《くたん》の僧もつての外に能書《のうしよ》を好《このみ》て、心はかりはたしなみて、我はとおもひたりける。当寺《たうじ》の額《がく》は、侍従《じゝう》大納言行成《かうせい》のかき給へる也。年ひさしくなりて、文字《じ》みなきえて、かたばかり見るを、此大納言大別当、文字みなきえたり。我修復《しゆふく》せんといへば、古老《こらう》の寺僧、「さしもやんごとなき人の筆跡をばいかゞたやすくとめ給はん」と、かたふきあひければ、「いかなる手跡重宝《しゆせきちようほう》なりとも、跡《あと》かたなくきえうせんには、何の益《ゑき》かあらん。別《べつ》して私《わたくし》の點《てん》をもくわへはこそ憚《はゞか》りもあらめ。かたはかりもその跡の見ゆるときもとの文字《もじ》のうへをとめてあさやかになされむはなにの難《なん》かあらむ。古《ふる》き仏にも、はくをはをすぞかし」などいへば、まことにさもありとてゆるしてけり。そのとき額《がく》を、はなちてあらたに地彩色《さいしき》して、文字のうへとめてけり。かゝるほとに次の日俄《にはか》に雷電《らいてん》おびたゝしくして其額を雨そゝきて、皆墨《すみ》を洗《あら》ひて。只本《もと》のやうになしてけり。ふしきの事なり。いかなるよこ雨にも、かく額《がく》のぬるゝ事はなきに、そのうへたとひ雨にぬれんからに、やがてすこしももとにたかはす。彩色《さいしき》も文字《もし》も消《きえ》うすべき事かは。これはたゞことにあらすおそろしきわざなりといひて、のゝしるほとに、四五日をへて、かの大納言大別当《へつたう》、災《わざは》ひにあひてほろびけるとなん。

第二十　春日《かすが》の御告《つげ》にて伊房額《これふさがく》を書事

むかし行成卿《かうせいけう》とて能書《のうしよ》有けり。彼《かの》卿の孫《まご》に帥《そつノ》中納言これふさとておはしける。これもいみじき手書《てかき》なりけり。春日大明神の示現《じけん》によりて、御経蔵といふ額を一枚かきてをき給ひたりければ、たゞいまうつべき経蔵もなければ、いかさまやうあらむすらんとて置たりけるほどに、帥《そつ》もうせたまひて後、はるかにとし月へだゝりて、思ひの外に公家《くげ》より一切《さい》経を安置《あんぢ》してまいらせられける時誰か額《がく》を書べきと沙汰《さた》ありけるに、彼《かの》帥かきをける額ありとて、とり出されたりければうたれけるこそ。神慮《りよ》にかなひてありける事、やむことなくおほゆれ。

第二十一　高野《かうや》大師を五筆和尚《ひつくはしやう》といふ事

弘法《こうほふ》大師《し》は筆を口にくはへ、左右《さう》の手に持《もち》、左右のあしにはさみて、一間に真草《しんさう》の字《し》をか丶れけり。さて五筆和尚《くはしやう》とも申なるとかや。ふしぎなる事なり。

第二十二　虎のわにをとる事

むかしつくしの人、あきなひしに新羅《しらき》にわたりけるが、あきなひはて丶かへる道に、山の縁にそひて、舟に水くみいれんとて、水のながれ出たる所にふねをとゞめて、水をくむ。そのほど舟にのりたるもの、ふなばたにゐて、うつふして海を見れば、山の影うつりたるたかき岸の、三四十丈《ちやう》はかりあまりたるうへに、虎うづくまりゐて物をうかゞふ。その影水にうつりたり。其時に人々につげて、水くむものをいそぎよびのせて、手ごとに、ろををして、いそきてふねを出す。其ときに、虎《とら》をどりおりて、舟にのらんとするに、舟はとくいづ。虎はおちくるほどの有ければ、いま一丈《ぢやう》ばかりを、えをどりつかで、海に落《おち》入ぬ。ふねをこぎて、いそぎて行ま丶に、この虎に目をかけて見る。しばしばかり有て、虎うみよりいできぬ。をよきてくがさまにのぼりて、汀《みぎは》にひらなる石のうへにのほるを見れば、左《ひたり》のまへあしを、ひざ

よりかみ食《くひ》きられて血《ち》あゆ。鰐《わに》にくひきられたるなりけりと見る程に其きれたる所を、水にひたしてひらかりをるを、いかにするにかと見るほどに、沖《おき》のかたより、鰐虎《わにとら》のかたをさしてくるとみるほどに、虎右のまへあしをもつて、わにのかしらに爪《つめ》をうちたてゝ、陸《くが》さまになげあぐれば、一丈ばかり濱《はま》に投《なげ》あげられぬ。のけさまになりてふためく。おとがひのしたを、踊《をとり》かゝりて食《くひ》て、二たび三度ばかりうちふりて、なへなへとなして、かたにうちかけて、手をたてたるやうなる岩《いは》の五六丈あるを、三のあしをもちて、くだり坂をはしるがごとくのぼりてゆけば、舟のうちなるものども、これがしわざを見るに、なからは死にいりぬ。ふねに飛かゝらましかば、いみじき剣刀《けんたう》をぬきてあふとも、かばかりちからつよくはやからんには。なにわざをすべきとおもふに、肝《きも》心うせて、ふねこぐそらもなくてなん、つくしには帰りけるとかや。

第二十三　道命阿闍梨《たうめいあさり》いづみ式部《しきぶ》のもとにて読経《とくきやう》五条の天神《てんぢん》ちやうもん乃事

むかし道命あざりとて、色にふけりたる僧ありけり。和泉しきぶにかよひけり。経をめでたく読《よみ》けり。それが、いづみ式部がりゆきてふしたりけるに、目さめて経を、心をすましてよみけるほどに、八巻《やまき》よみはてゝ、あかつきにまどろまんとするほどに、人のけはひのしければ、「あれはたれぞ」ととひければ、「をのれば五でう西洞院《にしのとゐ》のほとりに候、おきなに候」とこたへければ、「こは何事ぞ」と、道命《たうめい》いひければ、「此御経をこよひうけたまはりぬる事の、生々《しやうゝ》世々《せゝ》わすれがたく候」といひければ、道命「法華経《ほつけきやう》をよみたてまつる事はつねの事也。などこよひしもかくいはるゝぞ」といひければ、五条の斎《さひ》いはく、「清《きよ》くてよみまひらせ給ふときは梵天帝釈《ほんてんたいしやく》をはじめたてまつりて、ちやうもんせさせたまへば、をきななどは、ちかづきまひりて、うけたまはるにをよび候はず。こよひは御行水《きやうすい》もさふらはで、読《よみ》たてまつらせ給へば、ほん天帝尺《たいしやく》も御ちやうもん候はぬひまにて、をきなまひりよりて、うけたまはりてさふらひぬる事の、わすれかたく候也」とのたまひけり。さればはかなくさは読奉《よみ》るとも、きよくてよみたてまつるべき事なり。

念仏《ねんふつ》読経《とくきやう》四威儀《ゐぎ》をやぶる事なかれと、恵心《ゑしん》の御房《ばう》もいましめ給ふにこそ。

第二十四　空也上人念仏すゝめ給ふ事

念仏三昧修《しゆ》する事は、上古《しやうこ》にはまれなりけり。天慶《きやう》よりこのかた、空也上人すゝめて、道場《だうぢやう》聚落《しゆらく》此行さかりにて、道俗男女《たうぞくなんによ》あまねく称名《せうみやう》をもつはらにしけり。是しかしながら上人化度《けと》衆生《しゆしやう》の方便《はうべん》也。市のかりやのはしらにかきつけ給ひける、

一たびも南無阿弥陀仏といふ人のはちすのうへにのぼらぬはなし

第二十五　空也上人の臂観音院《ひちくはんおんゐん》僧正祈《いのり》なをす事

件《くだん》の上人、申べき事有て、一条大臣殿にまいりて、蔵人《くらんと》所に上りてゐたり。余慶《よきやう》僧正、又参会《くはい》し給。ものかたりなどし給ほどに、僧正のたまふは「其臂《ひち》は、いかにして折給へるぞ」と。上人のいはく、「我母《はゝ》、物ねたみして、幼少《ようせう》の時、かた手を取て投《なげ》侍しほどに、折《おれ》て侍とぞ聞侍し。幼ちのときの事なれば、おぼえ侍らず。かしこく左《ひたり》にて侍る。右の手折らましかば」といふ。僧正のたまふ、「そこは貴き上人にておはす。天皇の御子とこそ人は申せ、いとかたじけなし。御臂《ひち》まことに祈《いの》りなをし申さんはいかに」。上人云、「尤《もつとも》よろこび侍るべし。まことに貴《たふと》く侍りなん。この加持《かち》し給

へ」とて、ちかくよれば、殿中《てん》の人人、こぞりてこれを見る。そのとき僧正、頂《いたゞき》より黒《くろ》けふりをいだして、加持《かぢ》し給に、しばらく有て、まがれる臂《ひち》、はたとなりてのびぬ。すなはち、右の臂のごとくにのびたり。上人、なみだをおとして、三度《ど》礼拝《はい》す。見る人、皆のゝめき感じ、あるひはなきけり。其日、上人、供《とも》に若き聖《ひじり》三人具《ぐ》したり。一人は縄《なは》をとりあつむるひじりなり。道におちたるふるきなはをひろひて、壁《かべ》つちにくはへて、古堂《ふるだう》の破《やぶ》れたる壁《かべ》をぬる事をす。一人は瓜《うり》のかはをとりあつめて、水にあらひて、獄衆《ごくしゆ》にあたへけり。一人は反古《ほぐ》のおち散《ちり》たるを、拾《ひろ》ひあつめて、紙にすきて経を書写《しや》したてまつる。その反古《ほぐ》のひじりを、臂《ひぢ》なをりたる布施《ふせ》に、僧正に奉りければ、悦《よろこひ》て弟子《でし》になして、義観《きくはん》となづけ給ふ。ありがたかりける事也。

『昔物語治聞集』巻二

『治聞集』巻二は、全部で二十一の説話で構成されている。『古今著聞集』の分類に沿ってその内容をみると、武勇、相撲強力、釈教、神祇、禽獣、哀傷、孝行恩愛、和歌など多岐な内容にわたる説話が収載されている。『古今著聞集』からは十話、『宇治拾遺物語』からは十一話が採録される。『古今著聞集』、『宇治拾遺物語』からほぼ交互にそれぞれ一話ずつ採られており、本巻はこの二つの説話集から広く自在に説話を選びとって、編纂されている。

巻二の冒頭話は、鷹飼いの男が日頃の信心によって、観音経が化した蛇によって助けられた話である。江戸時代に入って、徳川家康の鷹狩愛好から鷹狩が特別な意味をもって権威化されたことを鑑みると、鷹飼いの男が経により守られているという話は、冒頭話にふさわしいだろう。本話は「鷹狩」（室町末か近世初期頃作）という謡曲にもなっている。

続く第二話の源頼光の話は、鷹が徳川家の象徴とすれば、頼光もまた徳川家に血筋としてつながると考えられていた人物であり、武家の象徴的人物でもある。本話は、鬼同丸を太刀で倒す話である。鬼同丸の話は、清和源氏七代の人物を中心とした通俗史書である『前太平記』にも載っており、当時よく知られていた話と考えられる。本話は、後には『今昔百鬼拾遺』にも載り、鬼同丸は鬼童丸として妖怪化する。冒頭二話は、徳川家、武家に関わる話を並べたものとみなせよう。

巻二にはいくつか留意しておくべき点がある。まず、第一話は『宇治拾遺物語』の話を採ったものだが、万治（一六五九）版『宇治拾遺物語』の挿絵とはおおよそ異なることを指摘しておきたい。

次に、『西鶴諸国はなし』巻一ノ二は、『治聞集』巻一第十五話と巻二第十話の影響を受けたことが指摘（藤江峰夫「西鶴の咄の種―『西鶴諸国はなし』中の三篇をめぐって―」『玉藻』25、一九九〇年二月）されているが、興味深いのは、淵源となった『治聞集』巻二第十話においては、元々主要人物とも思われない大工が挿絵の中心に描かれており、『西鶴諸国はなし』の挿絵と同様の絵となっている点である。大きな釘でうちつけられた蛇が六十年以上生きていたという本話の享受にあたって、『奇異雑談集』に記されたような女が蛇となって大工に執心したという話が媒介話として間に入らないとこのような挿絵にはならないであろう。中世説話享受において、江戸時代初期に知られた話を念頭におくことにより、その享受の様相がより明確になる例かと考えられる。

その他、第二話の牛が動く様子について『古今著聞集』では「ゆすゆす」として物が揺れ動くさまを示す語を用いているが、治聞集では「やすやす」といった語に置き換えている。この語が現す意味は不明だが、擬態語を置き換えている点、本文を読みやすくするという意識が感じられる。

また、巻二においても巻一と同様、八、九の並びは、「百人一首」で有名な徳大寺実定の父の話と『明衡往来』で有名な明衡の話であり、この並びからも治聞集の文学の教養への関心がうかがいしれる。

（中根千絵）

目録

第十九　石橋《いしはし》の下のくちなはの事（治57）

第二十　志貴《しぎ》の毘沙《ひしや》門家隆《かりう》卿の哥を吟《ぎん》じたまふ事（聞218）

第二十一　相應和尚《さうをうくはしやう》とそつ天にのぼる事　付そめどのの后《きさき》祈《いの》り奉る事（治193）

第一　観音経蛇《じや》と化して人をたすけ給ふ事

むかし、鷹《たか》をやくにてすぐるものありけり。鷹のはなれたるをとらむとて、飛《とぶ》にしたがひて行けるほとに、はるかなるやまのおくの谷《たに》のかたきしに、たかき木のあるに、たかの巣《す》くひたるを見つけて、いみしき事みをきたると、うれしくおもひて、かへりて後、いまはよきほどになりぬらんとおぼゆるほどに、「子をおろさん」とて、またゆきて見るに、えもいはぬ深《み》山の、ふかきたにのそこゐもしらぬうへに、いみじくたかき榎《ゑ》の木の枝はたにゝさしおほひたる、かかみに、巣をくひて、子をうみたり。鷹巣のめぐりにしありくみるに、えもいはずめでたき鷹にてあれば子もよかるらむとおもひて、よろづもしらずのぼるに、やう〳〵今すのもとにのぼらんとする程に、ふまへたる枝おれて、谷に落入ぬ。谷のかたきしにさし出たる木の枝におちかゝりて、その木のえだをとらへて有ければ、生たるこゝちもせず、すべきかたなし。見おろせば、そこゐもしらずふかき谷也。みあぐれば、はるかにたかき岸也。かきのぼるべきかたもなし。従者《じうざ》どもはたに、おちいりぬればうたがひなく死ぬらんと思ひ、さるにてもいかゞあると、見んと思ひて、岸のはたへよりて、わりな

くつまだてゝみおろしけれど、わづかに見おろせば、そこゐもしらぬ谷のそこに、木の葉しげくへだてたる下なれば、さらに見ゆべきやうもなし。めくるめきかなしければ、しばしもえみず。すべきかたなければ、さりとてあるべきならねば、みな家にかへりて、かう〳〵といへば、妻子《さいし》どもなきまとへともかひなし。あはぬまでも見にゆかまほしけれと、「更に道もおほえず、またおはしたりとも、そこゐもしらぬたにゝて、さばかりのぞき、よろづに見しかども見え給はざりき」といへば、「まことにさぞあるらむ」と、人々もいへば、いかずなりぬ。さて谷にはすべきかたなくて石のそはの折敷《をしき》のひろさにて、さし出たるかたそはに尻《しり》をかけて、木の枝をとらへて、すこしもみじろくべきかたなし。いさゝかもはたらかば、谷に落いりぬべし。いかにも〳〵せんかたなし。かく鷹《たか》かひをやくにて世すぐせど、おさなくより、観音《くはんおん》経をよみたてまつり、たもちたりければ、たすけたまへと思入て、ひとへにたのみ奉りて、此経を、よるひる、いくらともなくよみたてまつる。弘誓深如海《ぐせいしんによかい》とあるわたりをよむ程に、谷の底《そこ》のかたより、ものゝそよ〳〵とくるこゝちのすれば、なにかあらんとおもひて、やをら見れば、えもいはず大きなるくちなはなりけり。ながさ二丈ばかりもあるらんと見ゆるが、さしにさしてはひくれば、我はこのくちなはにくはれなんずるなめりと、かなしきわざかな、観音たすけ給へとこそおもひつれ、こはいかにしつる事ぞとおもひて、ねんじ入てあるほどに、たゞきにきて、我ひざのもとをすぐれど、我をのまんと更にせず。たゞ谷よりうへさまへのほらんとするけしきなれば、いかゞせん、たゞこれにとりつきたらば、のぼりなんかしとおもふ心つきて、こしのかたをやはらぬきて、此蛇のせなかにつきたてゝ、それにすが

りて、蛇《へび》のゆくまゝに、ひかれてゆけば、谷より岸のうへさまに、こそ〱とのぼりぬ。其おり、この男、はなれてのくに、かたなをとらむとすれど、つよくつきたてければ、えぬかぬほどに、ひきはづして、せなかにかたなさしながら、蛇は、そろりとわたりて、むかひの谷《たに》に至《いた》りぬ。此おとこうれしとおもひて、家へいそぎてゆかむとすれど、此二三日、いさゝか身をもはたらかさす、ものもくはず過したれば、かけのやうに痩《やせ》さらぼひつゝ、かろ〱と、やう〱にして家に行つきぬ。

さて家には、「いまはいかゞせん」とて、跡《あと》とふべき、経仏のいとなみなどしけるに、かく思ひかけずよろぼひきたれば、おどろきなきさはぐ事かぎりなし。かう〱の事とかたりて、「観音の御たすけにて、かくいきたるぞ」と、あさましかりつる事ども、なく〱かたりて、物などくひて、その夜はやすみて、つとめてとくおきて、手あらひて、いつも読《よみ》たてまつる経をよまんとて、ひきあけたれば、あのたにゝて、くちなはのせなかにつきたてしかたな、此御経に、弘誓深如海《ぐぜいしんによかい》の所にたちたり。見るに、いとあさましなどはおろか也。こは此経の蛇にへんじて、我をたすけおはしましけりと思ふに、あはれにたふとくかなし。いみじとおもふ事限《かぎり》なし。そのあたりの人々これを聞て、見あざみけり。いま更申へき事ならねど、観音を頼み奉らむに其しるしなしといふ事あるましき事なり。

第二　鬼同丸《きとうまる》源《みなもとの》頼光《らいくはう》をねらふ事

むかし、頼光《よりみつ》朝臣、寒夜《かんや》に物へありきてかへりけるに、頼信《よりのふ》の家ちかくよりたれば、公時《きんとき》を使《つかひ》にて、「ただいまこそ罷過侍れ。この寒さこそはしたなけれ。美酒《ひしゅ》侍りや」といひたりければ、頼信朝臣おりふし酒のみてゐたりける時なりければ、興《けう》に入て、「ただいま見るやうに申給ふべし。此仰ことによろこび思ひたまひ候。御わたり有べし」といひければ、頼光すなはち入にけり。盃《さかつき》くみけるひまに、頼光むまやのかたを見やりたりければ、童《わらは》を一人いましめてをきたりけり。あやしと見て、頼信に、「あれにいましめてをきたる者は、たそ」と、ひければ、「鬼同丸《きとうまる》なり」とこたふ。

頼光おどろきて、「いかに鬼同丸などを、あれていにはいましめをきたまひたるぞ。おかしある物ならば、かくほどあだには有まじきものを」といはれければ、頼信、「げにさる事に候」とて、郎等《らうとう》をよびて、猶したゝかにいましめさせければ、金鏁《かなくさり》をとり出て、よくにげぬやうにしたゝめてけり。鬼同丸、頼光ののたまふ事をきくより、「くちおしき物かな。何ともあれ、こよひのうちに、此うらみをば、むくはんずる物を」と、思ひゐたりけり。さかづき数献《すてん》になりて、頼光も酔《えひ》てふしぬ、頼信も入にけり。夜の中しづまる程に、鬼同丸究竟《くきやう》のものにて、いましめたる縄金鏁《なはかなくさり》ふみ切《きり》てのがれ出ぬ。狐戸《きつねと》より入て、頼光のねたるうへの、天井《てんしやう》にあり。此てんじやうひきはなちておちかゝりなば、勝負《せうふ》すべき事異義《いき》あらじとおもひためらふ程に、頼光もたゞ人にあらねば、はやくさとりにけり。落かゝりなば大事なりとおもひて、「天井にいたちよりも大きに、てんよりもちいさきものの音こそすれ」といひて、「誰《たれ》か候」とよびければ、綱名乗《つなのなのり》てまいりける。「明日はくらまへ参るべし。いまだ夜をこめて、たちなん。やがて参らんずるぞ、それ〳〵供《とも》すべし」といはれければ、つなうけたまはりて、「みなこれに候」と申てゐたり。

鬼同丸《きとうまる》このことを聞て、こゝにてはいまはかなふまじ、酔《えひ》ふしたらばとこそおもひつれ、なまさかしき事しいでゝは、あしかりなんと思ひて、明日《あす》のくらまの道にてこそと思ひかへして、天井をのがれ出て、くらまのかたへむかひて、いち原野の邊にて、便宜《びんき》の處をもとむるに、立かくるべき所なし。野かひのうしのあまたありける中に、ことにおほきなるをはなちて、路次《ろし》にひきふせて、うしのはらをかきやぶりて、その中へ入て、めばかり見出して侍けり。頼光あんのごとくにきたりけり。浄衣《しやうえ》に太刀《たち》をぞはきたりける。つな、きんとき、さだみち、すへたけ等《とう》、みな供《とも》にありけり。頼光馬をひかへて、「野のけしき興《けう》あり。牛其数あり。をの〳〵うしをふ物あらばや」といはれければ、四てんわうのともがら、我も〳〵と懸て射《い》けり。実興《げに》ありてぞ見えける。其中に、綱《つな》いかゞおもひけん、とがり矢《や》をぬきて死《し》たるうしにむかひて、弓《ゆみ》をひきけり。人あやしと見るところに、うしのはらのほどをさして、矢をはなちたるに、死たるうし、やすやすとはたらきて、腹《はら》の内より大の童《わらは》、打刀《うちかたな》をぬきてたち出て、頼光にかゝりける。見れば鬼同丸《きどうまる》なりけり。矢を射《い》たてられながら、なを事ともせず、敵《てき》にむかひけり。頼光もすこしもさはがで、太刀をぬきて、鬼同丸がくびをうちおとしてけり。やがてもたふれず、うちかたなをぬきて、鞍《くら》のまへわをつきたり。さて首《くび》は、むながいにくひつきたりけるとなん、死ぬるまでたけくいかめしう侍りけるよし、かたりつたへたり。実《まこと》成ける事にや。さて頼光はそれより帰りにけり。

第三　山門《さんもん》横川《よかは》賀能《かのう》地蔵《ちさう》の事

むかし山のよかはに、賀能知院《かのうちゐん》といふ僧、きはめて破戒無慙《はかいむさん》のものにて、昼夜《ちうや》に仏の物をとりつかふ事をのみしけり。横川の執行《しゆきやう》にてありけり。政所《まんところ》へゆくとて、塔《たう》のもとをつねに過《すぎ》ありきければ、塔のもとに、ふるきぢざうの、ものの中にすてをきたるを、きとみたてまつりて、時々きぬかぶりしたるを、打ぬぎ、かしらをかたふけて、すこしすこし、うやまひ拝《おが》みつつゆくときも有けり。かかるほどに、かの賀能《かのう》はかなくうせぬ。師の僧都《そうつ》これを聞てかの破戒無慙《はかいむざん》の者にて、後世《ごせ》さだめて、地獄《ぢごく》におちむ事うたがひなしと、心うかりあはれみ給ふ事かぎりなし。かかるほどに、塔のもとのぢざうこそ、此ほとみえ給はね。いかなる事にかと院内《ゐんだい》の人々いいあひたり。人の修理《しゅり》し奉らむとて、とり奉りたるにやなどいひけるほどに、この僧都の夢《ゆめ》にみ給ふやう、「この地蔵のみえ給はぬが、いかなる事ぞ」とたつね給ふに、かたはらに僧有ていはく、「このぢざうほさち、はやう賀能知院《かのうちゐん》が、無間地獄《むけんぢごく》におちしその日、やがてたすけんとて、あひぐして入給ひしなり」といふ。夢ここちに、いとあさましくて、「いかにしてさる罪《ざい》人には、ぐしていり給ひたるぞ」と、とひ給へば、「塔のもとをつねに過《すく》るに、地蔵をみやり申て、ときどきおがみ奉りしゆへなり」とこたふ。夢さめて後《のち》、みつから塔のもとへおはしてみ給ふに、地蔵まことにみえ給はず。さはこの僧に、まことにぐしておはしたるにやとおぼす程に其後また僧都《そうづ》の夢にみ給ふやう塔のもとにおはしてみ給へば、このぢざうたちたまひたり。「これはうせさせ給ひし地蔵、いかにして出来《いてき》給ひたるぞ」とのたまへば。又人のいふやう、「賀能《かのふ》ぐして、ぢごくへ入て、たすけてかへり給へるなり。されば御あしのやけ給へるなり」といふ。御あしをみ給へば、まことに黒《くろ》うやけたまひたり。夢ここちに、まことにあさましき事かぎりなし。さて夢さめて、なみだとまらずして、いそぎおはして塔のもとをみ給へば、うつつにもぢざう立たまへり。御あしをみれば。まことにやけ給へり。これをみ給ふに、あはれにかなしき事かぎりなし。さてなくなくこのぢざうをいだきいだしたてまつり給ひてけり。いまにおはします。二尺五寸ばかりのほどにこそと、人はかたりし。これかたりける人は、拝《おが》みたてまつりけるとぞ。

第四　佐《さ》伯《いき》氏長《うちなか》強力《けうりき》の女にあふ事

むかしさいき、うちながといふ人有。はじめて相撲《すまひ》のせちにめされて、ゐちぜんの国よりのぼりける時、あふみの国、たかしま郡《こおり》の石橋《いしはし》を過《すぎ》侍りけるに、きよげなる女の、河の水をくみて、みづからいたゞきてゆく女ありけり。うぢながきつと見るに、こころうごきてたゞにうちすぐべきこゝちせざりければ、馬よりおりて、女の桶《おけ》とらへたるかいなのもとへ、手をさしやりたりけるに、をんなうち笑《えみ》て、すこしもてはなれたるけしきもなかりければ、いと〳〵わりなく覚えて、かいなをひしとにぎりたりける時、桶をば、はづして、氏長《うちなか》が手を腰《こし》にはさみてけり。氏長興《けう》ありておもふほどに、やゝひさしくなれとも、いかにも此手をはなたざりけり。ひきぬかんとすれば、いとゞつよくはさみて、すこしもひきはなつべくもなければ、ちからをよばずして、おめ〳〵と女のゆくにしたがひて行に、女家に入ぬ。水打をきて後《のち》、手をはずして、うちわらひて、「さるにても、いかなる人にて、かくはし給へるぞ」といふ。けしきことがら、ちかまさりして、たへがたく思けり。「我はゐちぜんの国の者なり。相撲《すまひ》の節《せち》といふ事ありて、ちからつよきものを、国〳〵よりめさるゝ中に、入てまいる也」とかたらふを聞て、女うなづきて、「あぶなき事にこそ侍るなれ。玉城《たましやう》はひろければ、世にすぐれたらむ大力《りき》も侍《はんへ》らん。御身もいたくのかひなしにてはなけれども、さほどの大事にあふべき器《うつはもの》にはあらず。かく見参しそむるも、しかるべき事也。かの節の期日《ごにち》は。とまりならば、こゝに三七日逗留《とうりう》し給へ。そのほど

に、ちととりかひ奉らん」といへば、「日数もありけり。くるしからじ」とおもひて、こゝろのとゞまるまに、いふにしたがひてとゞまりにけり。その夜より、こはき飯《いひ》をおほくしてくはせけり。女みづからその飯をにぎりてくはするに、すこしも喰《くひ》わられざりけり。はじめの七日は、すべてえくひわらざりけるが、次《つぎ》の七日よりは、やう〳〵くひわられけり。第三日よりぞ、うるはしうはくひける。かく三七日が間、よくいたはりやしなひて、「今はとくのぼり給へ。此うへは、さりともとこそおぼゆれ」といひてのほりたり。いとめづらかなる事なりかし。

第五　猟師《れうし》ほとけを射《い》る事

むかしあたごの山に、ひさしくおこなふ聖《ひじり》有けり。としごろおこなひて、坊《はう》をいづる事なし。西のかたにれうしあり。此ひじりをたふとみて、つねにはまふでゝ物たてまつりなどしけり。ひさしく参らざりければ、ゐぶくろにほし飯《いひ》など入てまふでたり。ひじりよろこびて、日来《ひごろ》のおぼつかなさなどのたまふ。その中にゐよりてのたまふやうは、「此程いみじくたふとき事あり。此としころ、他念《たねん》なく、経をたもち奉りてあるしるしやらむ、この夜比《よごろ》ふげんぼさち象《ざう》にのりてみえ給ふ。こよひとゞまりておがみ給へ」といひければ、此猟師よにたふとき事にこそ候なれ。さらばとまりて拝《おが》みたてまつらむとてとゞまりぬ。さてひじりのつかふ童《わらは》のあるにとふ。「ひじりのたまふやう、いかなる事ぞや。をのれも此仏をばおがみまいらせたりや」と問《とへ》ば、「童《わらは》は五六度《ど》ぞみたてまつりて候」といふに、猟師《れうし》「我もみたてまつる事もや

ある」とて、ひじりのうしろにいねもせずしておきゐたり。九月廿日の事なれば、夜もながし。いまや〳〵と待に、夜《よ》半過《なかすぎ》ぬらんとおもふほどに、ひがしのやまの峰《みね》より、月のいづるやうにみえて、みねの嵐を凄《すさま》しきに、此坊《はう》のうち、光《ひか》りさし入たるやうにて、あかくなりぬ。みれば、ふげんぼさち白象《びやくざう》にのりてやう〳〵おはして、坊《はう》の前《まへ》にたち給へり。ひじりなく〳〵おがみて、「いかにもぬし殿《との》は拝《おか》み奉るや」といひければ。「いかゞはこの童《わらは》もおがみたてまつる。をひ〳〵いみじうたふとし」とて手を合す。猟師《れうし》おもふやう、「ひじりは年ごろ、経をたもちよみ給へばこそ、其目ばかりにみえたまはめ。此わらは、我身などは、経のむきたるかたもしらぬに、みえたまへるはこゝろえられぬ事也」と、こゝろのうちにおもひて、此事こゝろみてん。これ罪《つみ》うべき事にあらずと思ひて、とがり矢《や》を弓につがひて、ひじりの拝み入たるうへよりさしこして、弓をつよくひきてひやうど射たりければ、御むねのほどにあたるやうにて、火をうちけつごとくにて、ひかりもうせぬ。谷《たに》へとゞろめきてにげゆく音す。聖「これはいかにしたまへるぞ」といひて、なきまどふ事限《かき》りなし。男申けるは、「ひじりの目にこそみえ給はめ。我罪《つみ》ふかきものゝめにみえ給へば、こゝろみ奉らんと思ひて、射《い》つる也。まことの仏ならば、よも矢はたち給はじ。さればあやしき物なり」といひけり。夜明て血《ち》をとめて行てみければ、一町ばかりゆきて、谷の底《そこ》に大きなる狸《たぬき》むねよりとがり矢《や》を射《い》とをされて、死《し》てふせりけり。聖なれど無智《むち》なればかやうにばかされける也。猟師《れうし》なれども、おもんばかり有ければ、たぬきを射《い》ころし、そのばけをあらはしける也。

第六　晴明、蛙を殺す事

むかしせいめいといふはかせ、広沢僧正《ひろさはそうしやう》の御坊《ばう》にまいりて、物申しうけ給けるあひだ、若僧《にやくそう》ども、晴明にいふやう、「式神《しきしん》をつかひ給なるは。たちまち人をばころし給ふや」といひければ、やすくはえ殺《ころ》さじ。刀《かたな》をいれてころしてん」といふ。「さて虫《むし》なんぞをば、少の事せんに、かならすころしつへし。扨いくるやうをしらねば、罪《つみ》をえつべければ、さやうの事よしなし」といふほどに、庭《には》に蛙《かはづ》のいできて、五《いつゝ》六つばかりをどりて、池《いけ》のかたさまへゆきけるを、「あれひとつさらばころし給へ。こゝろみん」と、僧のいひければ「つみをつくりたまふ御坊《おんばう》かな。されどもこゝろみたまへば、殺《ころ》して見せたてまつらん」とて、草の葉をつみきりて、物をよむやうにして、蛙《かはづ》のかたへなげやりければ、その草の葉のかはづのうへにかゝりければ、蛙まひらにひしけて死《しゝ》たりけり。是を見て、僧共の色《いろ》かはりて、おそろしとおもひけり。家の中に人なきおりは、此しき神をつかひ奉るにや。人もなきに蔀《しとみ》をあけおろし、門を閉《とざし》などしけり。

第七　北野の天神亀《かめ》と化《け》し給ふ事

承平《せうへい》元年の夏の比、貞崇《ていそう》法師、東寺《とうじ》の坊にて、経をよみけるに、大きなる亀《かめ》出きて見えける。非常《ひじやう》のものとおもひて見す。こゝろを専《もつはら》にして、経をよみけるに、しばし有て雷電《らいてん》して、此亀天に入けり。次の日火雷《くはらい》天神かたちを現《げん》し給ひて、貞崇《ていそう》にのたまひけるは、「我きのふ物がたりせんと思ひしに、我を見さりし事、ほいをそむける也。」貞崇こたへ申ていはく、「きのふたゞ大きなる亀を見る。崇神《そうじん》とはしり奉らず。但あやしむと

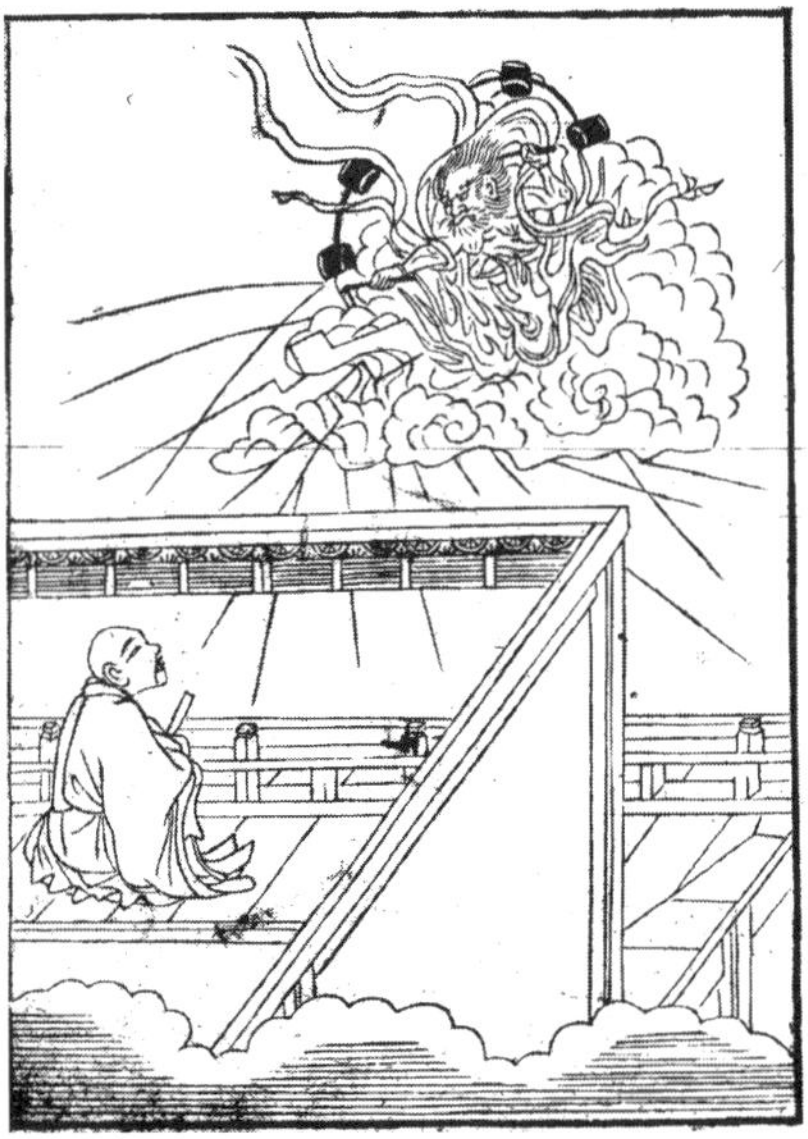

ころは、雷《いかつち》天にのぼることを。神ののたまはく、我もとの悪心《あくしん》によりて、苦《く》をうく。なんぢ我かたちを見るべしとて、すなはち現《けん》じ給ひけり。貞崇《ていそう》見たてまつるに、上のかたち雷《らい》の図《つ》に似《に》て腰《こし》より下は、火もゆるがごとし。「六月に入て、内裏《たいり》へまいらむとおもふ也」とのたまひて、すなはちみえたまはす。

第八　徳大寺殿《とくたいしとの》の人夫《にんふ》熊野《ゆや》権現《こんけん》の御あわれみをかうふる事

むかしとくだいじの大臣《おとゝ》、くまのへまいり給ひけり。さぬきの国しり給ひけるころなりければ、かれより人夫《にんぶ》おほくめしよせて侍りけるが、おほくあまりたりければ、少々かへし下されける中にある人夫《にんぶ》一人、しきりに申けるは、「たかき君の御徳《とく》によりて幸《さいは》ひに、熊野の御山、おがみたてまつらん事をよろこびおもひつるに、あまされ参らせて、かへりくだらむ事、かなしき事なり。只まげてめしぐさせ給へ」と、奉行《ふきやう》の人にいひければ、「さりとてはあまりたれば、さのみ何の用にせんぞ」といひければ、なく〳〵うれへて、「たゞ御功徳《くどく》に食《しよく》ばかりを申あたへたまへ。いかにも宮《みや》づかへはつかまつり候べし」と、ねんごろに申しければ、哀《あはれ》みて具《ぐ》せられけり。実《げに》もかひ〴〵しく、宿〳〵にては人もおきてねども、諸《しよ》人が、こりの水を独《ひと》りとくみければ、垢離《こり》さほと名づけて、人々もあはれみけり。さて大臣《おとゝ》まいり給ひて、奉幣《ほうへい》はてゝ、証城殿《せうしやうでん》の御前に通夜《つや》して、参詣《さんけい》の事随喜《ずいき》のあまりに、大臣の身に、わらぐつはゞきを着《ちやく》して、長途《ちやうと》をあゆみまいりたる。有がたき事なりとて、心中に思はれて、少まどろみ給ひたる夢に、御殿《ごてん》より高僧《かうそう》出たまひて、仰られけ

るは、「大臣の身にて、わらぐつ、はゞきしてまいるを、有かたき事に思はるべきかは。こりさほのみぞ、いとおしき」と、作らるゝと見給ひて覚にけり。驚《おどろ》きおそれて、そのこりさほの事をたづねらるゝに、しか〳〵と、はじめよりの次第申ければ、あはれみ給ひて、国に屋しきなど永代《ゑいたい》作てあて給ひけり。いやしき下らうなれども、こゝろをいたせば神明《しんめい》あはれみ給ふ事かくのごとし。

第九　明衡《あきひら》わざはひにあはんとする事

むかし博士《はかせ》にて、大学頭《だいがくのかみ》あきひらといふ人ありき。若《わか》かりけるとき、さるべき所に、宮つかへける女房をかたらひて、其所に入ふさんこと便《たより》なかりければ、そのかたはらにありける、下種《げす》の家をかりて、「女房かたらひ出して、ふさん」といひければ、男あるしはなくて、妻《つま》ばかり有けるが、「いとやすき事」とて、おのれが臥《ふし》ところより外《ほか》に、ふすべき所のなかりければ、我ふし所をさりて、女房の局《つぼね》のたゝみをとりよせてねにけり。家あるしのおとこ、我つまのみそか男するときゝて、「そのみそか男、こよひなんあはんとかまふる」とつぐる人有ければ、来《こ》んをかまへてころさんとおもひて、つまには、「遠《とを》く物へ行て、今四五日かへるまじき」といひて、空《そら》いきをして窺《うかゞ》ふ夜にてぞ有ける。家あるしの男、よふけて立きくに、男女の忍《しの》びてものいふけしきしけり。さればよ、かくしおとこきにけりとおもひて、密《みそか》にいりてうかゞひ見るに、我ねどころに、男女とふしたり。くらければたしかにけしき見えず。おとこのいびきするかたへ、やをらのぼりて、かたなをさかてにぬきもちて、腹《はら》のうへとおぼしき程をさぐりて、つかんと思ひて、かいなをもちあげて、つきたてんとするほどに、月影の板間《いたま》よりもりたりけるに、さしぬきのくゝりながやかにて、ふと見えければ、それにきとおもふやう、わがつまのもとには、かやうにさしぬききたる人は、よもこじものを、もし人たがへしたらんは、いとおしくふびんなるべき事とおもひて、手をひきかへして、きたるきぬなどをさぐりけるほどに、女房、ふとおどろきて、「こゝに人のをとするはたそ」と、しのびやかにいふけはひ、我妻にあらざりければ、さればよとおもひて、ゐのきけるほどに、このふしたる男もおどろきて、「たそたそ」と、とふ声をきゝて、我つまのしもなる所にふして、わがおとこのけしきの、あやしかりつるは、それがみそかにきて、人たがへなどするにやとおぼえけるほどに、おどろきさはぎて、「あれはたそ。ぬす人か」など、のゝしる声の、我つまにてありければ、こと人々のふしたるにこそとおもひて、走《はしり》出て、つまがもとにいたて、髪《かみ》をとりてひきふせて、「いかなる事ぞ」ととひければ、つまさればよとおもひて、「かしこういみじきあやまちすらん。かしこには、上らうのこよひばかりとてからせ給ひつれば、かしたてまつりて、我はこゝにこそ臥《ふし》たれ。希有《けう》のわざするおとこかな」とのゝしるときにぞ、明衡《あきひら》もおどろきて、「いかなる事ぞ」ととひければ、そのときに、男、出きていふやう、「をのれは、甲斐《かい》どのの雑色《さつしき》なにがしと申者にて候。一家《け》の君おはしけるを、しりたてまつらで、ほど〱あやまちをなんつかまつるべく候つるに、けうに御さしぬきのくゝりを見つけて、しか〱思給てなん、かいなをひきしゞめて候ひつる」といひて、いみじうわびける。甲斐《かい》どのといふ人は、此明衡の妹《いもと》の男なりけり。おもひかけぬ、さしぬきのくゝりの徳《とく》に、けうの命をこそいきたりければ、かゝれば人は忍ふといひながら、あやしきところには、たちよるまじき也。

第十　薬師堂《やくしだう》のくちなはの事

むかしわたなべに、やくしだうあり。源《みなもと》の三左衛門かけるが先祖《せんぞ》の氏寺《うちてら》也。つかうの時、この堂を修理《しゅり》しけるに、もとこけらぶきにてありけるが、年ひさしくなりて、みな朽《くち》くさりて侍けるを、ふきかへむとて、うへをとりやぶりて侍けるに、大きなるくちなはありけり。なにとかしたりけん、おほきなる釘《くぎ》にうちつけられて、としごろはたらきもせでかくて有ける也。そのとき此堂こんりうの年紀《ねんき》をかぞふれば、六十余年になりにけり。其あひだ、かく打つけられながらいきて有ける、命なかさおそろしき事也。その蛇のありけるしたのうら板《いた》は、あふらみがきなどをしたるやうにて、きらめきたりけり。いかなる故にかおぼつかなし。是はまさしく、かけるがかたりける也。

第十一　出家功徳の事

むかしつくしに、たうさかのさへと申す。斉《さい》の神まします。そのほこらに、修行《しゅぎょう》したる僧のやとりて、ねたりける夜、ゝ中《よなか》ばかりにはなりぬらむとおもふほどに、馬のあし音あまたして、人のすぐるときく程に、「斉《さい》はましますか」ととふ声す。このやとりたる僧あやしときくほどに、このほこらのうちより「侍る」とこたふなり。またあさましときけば、「明日武蔵寺《むさしじ》にや参り給ふ」ととふなれば、「さも侍らず。なに事の侍るぞ」とこたふ。「あす武蔵寺に、新仏いで給ふべしとて、梵天帝釈諸天龍神《ぼんてんたいしゃくしょてんりうしん》あつまり給ふとは、しり給はぬか」といふなれば、「さる事もえうけたまはらざりけり。うれしくつげたまへるかな。いかではまいらでは侍らむ。かならずまいらんする」といへば、「さらはあすの巳《み》の時ばかりのこと也。かならすまいり給へ。」「待申さん」とて過ぬ。この僧これを聞て、「希有《けう》の事をもき、つるかな。

あすは物へゆかんと思ひつれども、此事見てこそ、いづちへもゆかめ」と思ひて、あくるやをそきと、むさし寺にまいりて見れは、さるけしきもなし。れいよりは中〳〵しづかに、人も見えず。あるやうあらんとおもひて、仏の御前に候ひて、巳《み》の時をまちゐたるほどに、今しばしあらば、むまのときになりなんず。いかなる事にかとおもひゐたるほどに、とし七十あまりばかりなる翁の髪もはげてしろきとても、おろ〳〵あるかしらに、ふくろのえぼしをひき入て、いともちいさきが、いとゞこしかゞまりたるが、つえにすがりてあゆむ。しりに尼《あま》たてり。ちいさく黒《くろ》き桶に、なに丶かあるらん、物入てひき提げたり。御堂《みたう》にまいりて、男は仏の御前にて、ぬか二三度《ど》ばかりつきて、もくれんずの念珠《ねんず》の、大きにながきをしもみて候へば、尼その用たる小桶を、翁《おきな》のかたはらにをきて、御房《はう》よびたてまつらんとていぬ。しばしばかりあれば、六十ばかりなる僧まいりて、仏おがみたてまつりて、「なにせんによび給ふぞ」といへば、「けふあすともしらぬ身にまかりなりにたれば。このしらがみすこしのこりたるを、剃《そり》て御弟子《でし》にならむとおもふなり」といへば、僧《そう》目をしすりて、「いとたふとき事かな。さらばとく〳〵」とて、小桶なりつるは湯《ゆ》なりけり。そのゆにて、かしらあらひて、そりて戒《かい》さづけつれば、また仏おがみたてまつりてまかり出ぬ。其後またこと事なし。さは此前の、法師になるを随喜《すいき》して、天衆《しゆ》もあつまり給ひて、新仏のいでさせ給ふとはあるにこそ有けれ。出家随分《ずいふん》のくどくとは、いまにはじめたる事にはあらねども、ましてわかくさかりならん人の、よく〳〵道心おこして、ずいぶんにせん者のくどく、これにていよ〳〵をしはかられたり。

第十二　空也《こうや》上人小児《せうに》をとふらひ給ふ事

むかし空也《くうや》上人道を過給ひけるに、ある家の門に、七歳ばかりなる児《こ》なきてたちたり。上人「などなくぞ」と問《とひ》給ひければ、小児《せうに》こたへけるは、「二歳と申けるに父《ちゝ》にをくれぬ。たゞひとり頼て侍りつる母に、此あかつき又をくれぬ。いまは誰《たれ》をたのみて身をたて、いつれの世にかふたゝびあひ見る事をえん」といひければ、上人聞て、「なゝきそ」とこしらへて、弾指《たんし》してのたまひける「朝《てう》夕《せき》歎《たん》心《しん》忘《ばう》後《ご》前《せん》立《りう》常《じやう》習《しふ》」と、となへて過給ひにけり。小児この文《もん》を聞て、すなはち泣《なき》やみにけり。村《むら》の人、「さしもかなしみつる子《こ》、などなきやみたるぞ」ととひければ、「上人のさづけ給ひつる文あり。其こゝろはとていひける

　あさゆふになげく心をわすれなん
　をくれさきだつつねのならひぞ」

七さいの人の、かくこゝろ也ときけるも、たゞ人にはあらず。これも権者《ごんしや》なりけるにぞ。

第十三　大井光遠《おほゐみつとを》妹《いもと》力つよき事

むかし、甲斐《かい》のくにの相撲《すまひ》、大井みつとをは、ひきふとにいかめしく、力つよく、あしはやく、みめことがらより、はじめていみじかりし相撲なり。それがいもうとに、年廿六七ばかりなる女の、みめことがら、けはひもよく、すがたもほそやかなるありけり。それはのきたる家にすみけるに、それが門に、人にをはれたるおとこの、かたなをぬきては

しり入て、此女をしちにとりて、腹《はら》に刀をさしあて、居《ゐ》ぬ。人はしりゆきて、兄《せうと》の光遠《みつとを》に、「姫《ひめ》きみは質《しち》にとられ給ぬ」とつげければ、みつとをがいふやう、「そのおもとは、薩摩《さつま》の氏長《うちなが》ばかりこそは、しちにとらめ」といひて、なにとなくてゐたれば、つげつるおのこ、あやしとおもひて、たちかへりて、物よりのぞけば、九月《なかつき》ばかりの事なれば、薄色《すゝきいろ》の衣一重に、紅葉のはかまを着《き》て、口おほひしてゐたり。男は大きなるおのこのおそろしげなるが、大の刀をさかてにとりて、腹《はら》にさしあてて、足《あし》をもて、うしろよりいだきてゐたり。このひめ君《きみ》、左《ひたり》の手《て》しては、面《かほ》をふたぎて泣《なく》。右の手しては、前に矢の篦《やの》、あら作《つくり》たるが、二三十ばかりあるをとりて、手ずさみに、ふしのもとをゆびにて、板《いた》じきにをしあててにじれば、朽木《くちき》のやはらかなるを、をしくだくやうにくだくるを、このぬす人、目をつけて見るに、あさましくなりぬ。いみじからむせうとのぬしかな、槌《つち》をもちてうちくだくとも、かくはあらじ、ゆゝしかりけるちからかな、このやうにては、たゞいまの間に我はとりくだかれぬべし、むやくなり、逃《にげ》なんとおもひて、人めをはかりて、とび出て、にげはしる。時に、すゑに人どもはしりあひて、とらへつ。しばりて、光遠《みつとを》がもとへ具してゆきぬ。みつ遠、「いかにおもひてにげつるぞ」ととへば、申やう、「大なる矢篦《やの》のふしを、朽木《くちき》なんどのやうに、をしくだきたまひつるを、あさましとおもひて、おそろしさににげ候ひつる也」と申せば、光遠《みつとを》、うちわらひて、「いかなりとも、其御もとはよもつかれじ。つかんとせむ、手をとりて、かいねぢて、かみざまへつかば、かたのほねは、かみさまへ出てねぢられなまし。かしこく、をのれがかいなぬかれまし。宿世《すくせ》ありて、御もとは、ねぢざりける也。光遠だにも、をのれをば、てこ

ろしにころしてん。かひなをばねぢて、腹むねをふまんに、をのれは、いきてんや。それに、かの御もとのちからは、光遠二人ばかりあはせたる力《ちから》にておはする物を。さこそほそやかに、女めかしくおはすれども、光遠が手たはぶれするに、とらへたるうでを、とらへられぬれば、手ひろごりてゆるしつべき物を。あはれおのこにてあらましかば、あふかたきなくてぞあらまし。くちおしく、女にてある」といふをきくに、此ぬす人、死ぬべきこゝちす。女とおもひて、いみじきしちをとりたると思ひてあれども、その儀はなし。「をのれをとらへければども、御もとのしぬべくはこそころさめ。をのれしぬべかりけるに、かしこう、とくにげてのきたるよ。大《おほき》なる鹿《しゝ》のつのをひざにあてゝ、ちいさきから木の、ほそきなんどを折やうに、おる物を」とて、追はなしてやりけり。

第十四　養老の瀧の事

元正天皇の御時、みのゝくにゝ貧《まつ》しくいやしき男ありけり。老たる父をもちたりけるを、此男やまの草木をとりて、其あたひを得て、父をやしなひける。此父朝夕あながちに酒を愛しほしがりければ、なりひさごといふ物を腰《こし》に付て、酒うる家にのぞみて、つねにこれをこひて、父をやしなふ。ある時山に入て薪《たき》をとらむとするに苔《こけ》ふかき石にすべりて、うつぶしにまろひたりけるに、酒の香《か》のしければ、思はすにあやしくて、そのあたりを見るに、石の中より水ながれ出る所あり。その色酒に似たりければ、くみてなむるにめでたき酒也。うれしくおほえて、其後日々《ひゝ》にこれをくみて飽《あく》まで父をやしな

ふ。時に帝《みかど》この事をきこしめして、霊亀三年九月日、其所へ行幸《みゆき》有て、ゑいらんありけり。これすなはち至孝《しかう》のゆへに、天神地祇あはれみ其徳をあらはすと感ぜさせたまひて、美濃《みのの》守になされにける。家ゆたかになりて、いよ〳〵孝養《くわうやう》の心ふかかりけり。其酒の出る所を養老の瀧と名つけられにけり。これによりて同十一月に年号を養老と改られにけるとぞ。

第十五　しの宮河原の地蔵の事

むかしやましなの道つらに、四の宮かはらといふ所にて、袖くらべといふ商人《あきんど》あつまる所あり。その辺の下すの有けるが、ぢざうほさつを一体《たい》つくりたてまつりたりけるを、開眼《かいかん》もせで、棺《ひつ》にうち入て、おくのへやなどおぼしき所におさめをきて世のいとなみにまきれて、程過にければわすれにけるほどに、三四年ばかり過にけり。ある夜夢に大路《ろ》をすぐるもの、声《こは》だかに人よぶ声のしければ、「なに事ぞ」ときけば、「地蔵こそ」とたかく此家の前にていふなれば、おくのかたより「なに事ぞ」といらふる声す也。「明日天帝釈《たいしやく》の地蔵会《ちさうゑ》し給ふには、まいらせ給はぬか」といへば、此小家の内より、「まいらむとおもへどまだめのあかねばえまいるまじ」といへば、「かまへてまいり給へ」といへば、「目も見えねばいかでかまいらん」といふ声す也。うちおどろきて、なにのかくは夢に見えつるにかとおもひまいらすに、あやしくて夜明て、おくのかたをよく〳〵見れば、此ぢざう、おさめてをき奉りたりけるを、思ひいだして見出したりけり。これ

が見え給ふにこそと、おどろき思ひて、いそぎ開眼し奉りけるとなん。

第十六　小侍従《こじゝう》懺悔《さんげ》ものかたりの事

後白河院《ごしらかはのゐん》の御所、いつよりも長閑《のとか》にて、近習《きんしう》の公卿《くぎやう》両三人、女房少々にて雑談《さうたん》ありける時仰に、「身《み》にとりていみじくおもひ出たる忍び事、なにごとかありし。かつはさんげの為各々《ためをの〳〵》ありのままにかたり申べし」と仰られて法皇《ほふわう》より、次第に仰られけるに、小侍従《こじゞう》があたりて侍るに、「いかにもこゝには、ゆうなる事はあらんする」など人々申ければ、こじゞう打笑《わら》ひて「おほく候よ。それにとりて、生涯《しやうがい》のわすれがたき一ふし侍。げに妄執《まうしう》にもなりぬべきに、御前にてさん候ひなば、罪《つみ》かろむべし」とて申けるは、「そのかみある所より、むかへに給はせたる事ありしに、すべておほえぬほどに、いみじく執《しう》し侍りし事にて、心ことにいかにせんとおもひしに、月冴《さえ》わたり、風はた寒きに、さ夜もやゝ更《ふけ》行ば、千々《ちゞ》におもひくだけて、心もとなさかぎりなきに、車の音はるかに聞えしかば、あはれこれにやあらんと、むねうちさはぐに、かゞりとかやいるれば、いよ〳〵こゝろまよひせられて、人わろき程に、いそぎのられぬ。行つきて車よせにさしよするほどに、みすの内より、にほひことにて、なへらかになつかしき人出て、すたれもてあげておろすに、まづいみじうらうたく覚ゆるに、たちながらきぬごしにみじといだきて、いかなるをそさぞとありしことから、なにと申つくすべしともおほえ候はす。さてしめやかにうちかたらふに、長き夜もかぎりあれば、鐘の音もはるかにひゞき、鳥のねも

はや聞ゆれば、むつごともまだつきやらで、あさをく霜よりも、猶きえかへりつゝ、おきわかれむとするに、車さしよする音せしかばたましゐも身にそはぬこゝちして、我にもあらずのり侍りぬ。かへりきても、またねのこゝろもあらばこそ、あかぬなごりを夢にも見め、只よにしらぬにほひのうつれるばかりをかたみにてふししづみたりしに、その夜しも、人に衣をきかへられたりしを、朝もとりかへにおこせたりしかば、うつり香《か》のかたみさへ、又わかれにしこゝろの内、いかに申のぶべしとも覚えす。せんかたなくこそ候ひしか」と申たりければ、法皇《ほふわう》も人々も、「誠にたへがたかりけん。此うへは其ぬしをあらはすへし」と仰られけれは、小侍従「いかにもその事はかなひ侍らし」とふかくいなみ申けるを、「さんげの本意《ほい》せんなし」とて、しゐてとはせ給ひければ、小侍従うち笑ひて、「さらば申候はん。おぼえさせおはしまさぬか。君の御位のとき、そのとし其比、たれがしを侍つかひにて、めされて候ひしは。よも御あらがひ候はじ。もしむねたかひてや候」と申たりけるに、人々とよみて、法皇はたへかねさせ給ひて、にげいらせ給ひにけるとなん。

第十七　慈覚大師纐纈城にいり給ふ事

むかしじかく大師、仏法をならひ伝へむとて、もろこしへわたり給ひておはしけるほどに、会昌《ゑしやう》年中に唐武宗《たうふそう》、仏法をほろぼして、堂塔《たうく》をこぼち僧尼《そうに》をとらへてうしなひ、あるひは還俗《げんぞく》せしめ給ふ。乱にあひ給へり。大師をもとらへむとしけるほどに、にげてある堂の内へ入給ひぬ。そのつかひ堂へ入てさがしける間、大師すべきかたなくて、仏の中に逃《にけ》入て、不動《ふとう》を念《ねん》じ給ひけるほどに、つかひもとめけるに、あたらしき不動尊《そん》仏の御中におはしける。それをあやしがりていたきおろして見るに、大師もとのすがたになり給ひぬ。つかひおどろきて帝《みかと》に此よし奏す。みかと仰せられけるは、「他国のひじり也。すみやかに追《をひ》はなつべし」と仰せければ、はなちつ。大師よろこびて、他国《たこく》へにげ給ふに、はるかなる山へだて、人の家あり。つゐぢたかくつきめぐらして、一の門あり。そこに人たてり。よろこびをなしてとひ給ふに、「これはひとりの長者の家なり。わ僧は何人ぞ」ととふ。こたへていはく、「日本国より仏法ならひつたへむとて、わたれる僧也。しかるにかくあさましきみたれにあひて、しばしかくれてあらむと思ふ也。しばらくこゝにおはして、世しづまりて後、出て仏法をもならひ給へ」といへば、大師喜《よろこひ》をなして内へ入給へば、門をさしかためて、おくのかたに入ぬ。後《しり》にたちて行て見れば、さま〲の屋どもつくりつゞけて、人おほくさはがし。かたはらなる所にすへつ。さて仏法ならひつべき所やあると見ありき給ふに、仏経《ふつきやう》僧侶等《そうりよとう》すべて見えず。後《うしろ》のかた山によりて一宅《たく》あり。よりてきけば人のうめく声あまたす。あやしくて垣《かき》のひまより見給へば、人をしばりて上よりつりさげて、下に壷《つほ》どもをすへて血《ち》をたらしいる。あさましくてゆへをとへどもいらへもせず。大きにあやしくて、又こと所をきけば、おなしくによう音す。のぞきて見れば、色あさましう青びれたるものどもの、やせげんじたるあまたふせり。一人をまねきよせて「これはいかなる事ぞ。かやうにたへがたげにはいかであるぞ」とゝへば、木のきれをもちて、ほそきかいなをさしいてゝ、土《つち》に書《かく》を見れば、これはかうけつ城《じやう》なり。これへきたる人には、まづものいはぬ薬《くすり》をくはせて、次《つき》にこゆるくすりをくはす。さてそのゝち、たかき所につりさげて、ところ〲をさし切《きり》て血《ち》をあやして、その血にて、かうけつをそめて賣《うり》侍る也。これをしらずして、かゝる目を見る也。食物《しよくもつ》の中に、胡麻《ごま》のやうにて、くろばみたる物あり。それは物いはぬ薬なり。さる物まいらせたらば、くふまねをして捨《すて》たまへ。さて人の物申さば、うめきてきかせ給へ。さて後に、いかにしてなりとも、逃《にけ》べきしたくをしてにげたまへ。門はかたくさして、おぼろけにて逃《にぐ》べきやうなしと、く

はしくをしへければ、ありつる居所《きよしよ》に帰《かへり》居給ひぬ。さるほどに人くひ物もちてきたり。教《をしへ》つるやうに、けしきのある物中にあり。くふやうにしてふところに入て、のちに捨《すて》つ。人きたりて物をとへば、うめきてものものたまはす。いまはしおほたりとおもひて、肥《こゆ》べき薬をさま〲にして、喰《くは》すれば。おなじく食《くふ》まねしてくはず。人のたち去《さり》たるひまに、うしとらのかたにむかひて、「我山の三宝《ほう》たすけたまへ」と、手をすりて祈請《きせい》し給ふに、大きなるいぬ一疋いできて、大師の御袖をくひてひく。やうありとおほえて、ひくかたにいで給ふに、思かけぬ水門《すいもん》のあるよりひきいだしつ。外《そと》に出ぬればいぬはうせにけり。いまはかうとおほして、あしのむきたるかたへはしり給ふ。はるかに山をこえて、人里あり。人あひて、「これはいづかたよりは、おはする人の、かくははしり給ふぞ」と、とひければ、「か丶る所へいたりつるが、逃《にげ》てまかりたるなり」とのたまふに、「あはれあさましかりける事かな。それは、かうけつ城《じやう》也。御たすけならでは、いづへきやうなし。あはれ貴《たふと》くおはしける人かな」とて、おがみてさりぬ。それよりいよ〱にげのきて、又都へ入て、忍びておはするに、会昌《えしやう》六年に、武宗《ぶそう》崩《ほう》し給ひぬ。翌年《よくねん》大中元年、宣宗《せんそう》位につき給ひて、仏法ほろぼす事やみぬれば、おもひのごとく仏法ならひ給ひて、十年といふに、日本へかへり給ひて、真言《しんごん》をひろめ給ひけりとなん。

第十八　永観律師《あうくはんりつし》往生《わうしやう》の事

むかし永観りつしは、病者《ひやうしや》に侍りけるが、つねのことくさに、「病はこれ善知識《せんちしき》也。我、苦痛《くつう》によつて、ふかく菩提《ほたい》をもとむ」とぞ宣《のたま》ひける。七宝《ほう》の塔《たう》をつくりて、仏舎利《しやり》二粒《りう》を安置《あんぢ》して、我順次《われしゆんし》に往生をとぐべくは此舎利《しやり》数をまし給

ふべしと誓《ちか》ひて、後のとしにひらきて見たてまつるに、四粒《りう》になりぬ。随喜渇仰《ずいきかつがう》して、なく〳〵二粒を、本尊《ほんぞん》の阿弥陀佛の眉間《みけん》にこめたてまつりて、昼夜《ちうや》に瞻仰《せんかう》し奉られき。又みつから阿弥陀講式《かうしき》をつくりて、十斉日《さいにち》ことに修《しゆ》して薫修《くんじゆ》ひさしくなりにけり。最後《さいご》の時例《れい》の講《かう》を修《しゆ》しける間に、りつし異香《いきやう》をかゞれけり。他人《た》はこれをかゞず。瞑目《めいもく》の夜頭北面《づほくめん》西《さい》にて、正念《ねん》に住《ちう》して、念仏たゆむ事なくて終《おは》りにけり。年七十九なり。弟子阿闍梨覚叡《でしあざりかくえい》が夢に、一精舎《しやうじや》に衆僧ならび座したるに、覚叡《かくゑい》もその列《れつ》にて、佛像《さう》を瞻仰《せんかう》するに、よく見れば此ほとけ、先師《せんし》の律師《りつし》なり。一句《く》さづけていはく従我聞法往生極楽《しゆがもんほうわうしやうごくらく》云々。

第十九　石橋《いしはし》の下のくちなはの事

むかしある女、雲林院《うんりんゐん》の菩提講《ぼたいかう》に、大宮をのぼりにまいりけるほどに、西院《さい》の辺《へん》ちかくなりて、石橋有ける。水のほとりを、はたちあまり、三十《みそじ》ばかりの女あゆみゆくが、石ばしをふみかへして過ぬる跡に、ふみかへされたる橋の下に、まだらなる小くちなはの、きり〳〵としてゐたれば、石の下に蛇《くちなは》の有けるといふほどに、このふみかへしたる女のしりにたちて、ゆら〳〵と、此くちなはのゆけば後《しり》なる女の、見るにあやしくて、いかに思てゆくにかあらん、ふみ出されたるを、あしと思ひて、それが報答《ほうたう》せんと思にや。これがせんやう見んとて、後《しり》にたちてゆくに、此女とき〳〵は見かへりなどすれども、我ともにくちなはのあるともしらぬけなり。又おなじやうに行人あれども、くちなはの女にぐしてゆくを見つけいふ人もなし。只最初《さいしよ》見つけつる女の目にのみ見えければ、これがしなさんやう見むとおもひて、此女のしりをはなれずあゆみゆく。ほどに雲林院《うりんゐん》にまいりつきぬ。寺のいたじきにのぼりて、此女ゐぬればこのくちなはものぼりてかたはらにわだかまりふしたれど、これを見つけさはぐ人なし。希有《けう》のわざかなと、目をはなたず見るほどに、かうはてぬれば、女たちいづるにしたがひて、くちなはもつきて出ぬ。この女、これがしなさんやう見むとて、しりにたちて、京さまにいでぬ。下さまに行とまりて家あり。その家にいれば、蛇もぐしていりぬ。これぞこれが家なりける。

おもふにひるはすがたもなきなめり。よるこそとかくすることもあらむずらめ。これが夜《よる》のありさまを見ばやとおもふに、見るべきやうもなければ、こゝ家にあゆみよりて、「ゐなかよりのぼる人の、ゆきとまるべき所も候はぬを、こよひばかりやどさせ給はなんや」といへば、此くちなはのつきたる女を、家あるじとおもふに「こゝにやどり給ふ人あり」といへば、老たる女いできて、「たれかのたまふぞ」といへば、これぞ家のあるじとなりけると思ひて、「こよひばかりやとかり申也」といふ。「よく侍りなん。入ておはせ」といふ。うれしと思ひて、入て見れば、いたじきのあるにのぼりて、この女ゐたり。くちなはは板《いた》じきのしもに、はしらのもとにわだかまりて有。目をつけて見れば此女をまもりあげて、此くちなはゝゐたり。くちなはつきたる女は、殿《との》にあるやうなど物かたりしゐたり。宮つかへするものなりと見る。かゝるほどに日たゞ暮《くれ》にくれて、暗《くら》くなりぬれば、くちなはのありさまを見るべきやうもなく、此家ぬしとおぼゆる女にいふやう、「かくやどさせ給へるかはりに、苧《を》やある。うみてたてまつらん。火ともし給」といへば、うれしくのたまひたり」とて、火ともしつ。苧《を》とり出してあづけたれば、それをうみつゝ見れば、此女ふしぬめり。いまやよらんずらんと見れども、ちかくはよらず。この事やがてもつげばやとおもへどもつげたらば、我ためもあしくやあらむとおもひて、ものもいはで、しなさんやう見むとて、夜半《よなか》の過《すぐ》るまでまもりゐたれども、終《つゐ》に見ゆるかたもなきほどに、火きえぬれば、この女もねぬ。あけて後いかゞあらんとおもひて、まどひおきて見れば、この女よきほどにねおきて、ともかくもなげにて、家あるじとおぼゆる女にいふやう「こよひ夢をこそ見つれ」といへば、「いかに見給へるぞ」とゝへば、

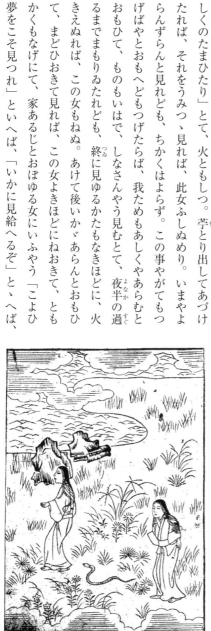

「此ねたる枕上《まくらかみ》に、人のゐると思ひて、見れば腰《こし》よりかみは人にて、しもはくちなはなる女、きよげなるがゐていふやう、「をのれは人をうらめしとおもひしほどに、かく蛇の身をうけて、石橋のしたに、おほくのとしを過して、わびしと思ひゐたるほどに、きのふをのれがおもしの石をふみかへしたまひしに、たすけられて、石の苦《く》をまぬかれて、うれしと思ひ給しかば、この人のおはしつかん所を、見をきたてまつりて、よろこびも申さんとおもひて、御供《とも》にまいりしほどに、菩提《ぼたい》かうの場《には》にまいりたまひければ、その御ともにまいりたるによりて、あひがたき法をうけ給ひ、ことたるによりて、多《おほ》くつみをさへほろぼして、そのちからにて、人に生れ侍るべき。功徳《くとく》のちかくなり侍れば、いよ〳〵悦《よろこ》びをいたゞきて、かくてまいりたる也。このむくひには。物よくあらせ奉りて、よきおとこなどあはせたてまつるべきなり。」といふとなん見つる」とかたるに、あさましくなりて、此やどりたる女のいふやう、「まことはをのれは、田舎《いなか》よりのぼりたるにも侍らず。そこそこに侍るものなり。それが昨日ぼだいかうに参り侍りし道に、そのほどにゆきあひ給ひたりしかば、しりにたちてあゆみまかりしに、大宮の其程の、河の石ばしをふみかへされたりし下より、まだらなりし小くちなはのいできて、御ともにまいりしを、かくとつげ申さんとおもひしかどもつげたてまつりては、我ためも、あしきことにてもやあらむずらんと、おそろしくてえ申さざりしなり。まことに講《かう》の場《には》にも、そのくちなは侍りしかども、人もえ見つけざりし也。はてゝ出給ひしおり、またぐし奉りしかば、なりはてんやうゆかしくて、おもひもかけず、こよひこゝにて夜をあかし侍りつる也。この夜半《よなか》すぐるまでは、此くちなは、はしらのもとに侍りつるが、明て見侍りつれば、くち

なはもみえ侍らざりし也。それにあはせて、か丶る夢がたりをし給へば、あさましくおそろしくて、かくあらはし申也。いまよりは、これをついでにて、なに事も申さん」など、いひかたらひて、のちはつねに行かよひつ丶、しる人になんなりにけり。扨この女、よにものよくなりて、このごろは、なにとはしらず、大殿《との》の下家司《かし》のいみじく徳《とく》あるがつまになりて、よろづ事かなひてぞありける。たづねばかくれはあらじとぞ。

第二十　志貴《しぎ》のびしやもん家隆《かりう》卿の哥を吟《ぎん》じ給ふ事

むかし松殿《まつとの》僧正行《きやう》意《い》赤痢病《しやくりひやう》を大事にして、存命《そんめい》殆《ほとんと》あぶなかりけるに、ちとまどろみたる夢に、しぎの毘沙門《ひしやもん》へまいりたりけるに、御帳《みちやう》の戸《と》をしあけて、よにおそろしげなる鬼神《きしん》出て、「僧正をや丶」と申ければ、おそろしながら見むきたりければ、鬼神一‐首《しゆ》和哥《わか》をよみかけ丶る

九月《ながつき》のとをかあまりのみかのはら
　河なみきよくすめる月かな

詠吟《あいぎん》の声、たへずめでたく、心肝《しんかん》にそみて覚えけるほどに、夢さめぬ。その丶ち、病たちまちやみて例《れい》のごとくになりにけり。此哥の建保《けんほう》のとし、九月十三夜内裏《だいり》の百首御会《くはい》に、河月を家隆《かりう》卿つかふまつれる也。彼卿《かのきやう》の哥は、諸天も納受《なふじゆ》し給ふに、ふしぎの事也。

第二十一　相応《さうをう》和尚《くはしやう》とそつ天にのぼる事付そめどのの后《きさき》いのり奉る事

むかし、叡山《えいさん》無動寺《むどうし》に、相応和尚といふ人おはしけり。ひらやまの西に、葛川《かつらかは》の三ノ瀧《たき》といふ所にも、通《かよひ》てゆき給ひけり。その瀧にて、不動尊《ふとうそん》に申給はく、「われを負《おひ》て、とそつの内院《ないゐん》、みろくぼさつの御許《もと》にゐて行給へ」と、あながちに申ければ、「きはめてかたき事なれど、しゐて申事なれば、ゐてゆくべし。其尻《しり》をあらへ」と仰ければ、瀧の尻《しり》にて、水あみ、しりよくあらひて、明王《みやうわう》の頭《かしら》にのりて、都卒天《とそつてん》にのぼり給ふ。こゝに、内院の門の額《がく》に、妙法蓮華《めうほふれんけ》とかゝれたり。明王のたまはく、「これへ参入《さんにう》の者は、此経を誦《じゆ》して入《いり》、誦《しゆ》せざればいらず」とのたまへば、はるかに見上て、相応《さうをう》のたまはく、「我、この経、読《よみ》はよみたてまつる。誦する事いまだかなはず」と。明王、「扨はくちおしき事なり。其義《ぎ》ならば、参入かなふべからず。かへりて法華経を誦《じゆ》してのち、参り給へ」とて、搔負《かきをひ》たまひて、葛《かつら》川へかへり給ひければ、なきかなしみ給ふ事かぎりなし。さて本尊《ほんそん》の御前にて、経を誦し給ひて、後本意《ほい》をとげ給ひけりとなん。其不動尊は、いまに無動寺におはします等身《とうしん》の像《さう》にてぞましく〱ける。その和尚《くはしやう》、かやうにきどくの効験《かうけん》おはしければ、そめどの、后《きさき》、ものゝ気《け》になやみ給ひけるを、ある人申けるは、「慈覚《じかく》大師《し》

の御弟子《てし》に、無動寺《むとうし》の相応和尚《さうをうくはしやう》と申こそ、いみじき行者《きやうしや》にて侍れ」と申ければ、めしにつかはす。すなはち御つかひにつれて、まいりて、中門《ちうもん》にたてり。人々見れば、たけたかき僧《そう》の、鬼《おに》のごとくなるが、信濃布《しなのぬの》を衣に着《き》、杉《すぎ》のひらあしだをはきて、大木槵子《だいもくがんし》の念珠《ねんず》をもてり。「その躰《てい》、御前にめしあぐべき物にあらず。無下《むけ》の下種《げす》法師にこそ」とて、「たゞすのこの辺《へん》にたちながら、加持《かぢ》申べし」と、おの〳〵申て、「御階《みはし》の高欄《かうらん》のもとにて、立ながら候へ」と仰下しければ、御《み》はしの東のわき、高欄《かうらん》にたちながら、をしかゝりていのりたてまつる。宮は寝殿《しんてん》の母屋《もや》にふし給ふ。いとくるしげなる声、時《とき》とき、御簾《みす》の外《ほか》にきこゆ。和尚、わづかに其声をきゝて、高声《かうじやう》に加持《かぢ》し奉る。そのこゑ、明王も現《げん》じ給ひぬらんと、御前に候人々、身の毛《け》よだちておぼゆ。しばしあれば、宮、くれなゐの御衣二つ計に、をしつゝまれて、鞠《まり》のごとく簾中《れんちう》よりころび出させ給ひて、和尚の前のすのこになげをきたてまつる。人々さはぎて「いと見ぐるし。内へ入たてまつりて、和尚も御前に候へ」といへども、和尚、「かゝる乞食《かたい》の身にて候へば、いかでか、まかりのぼるべき」とて、更《さら》にのぼらず。はじめ、召《めし》あげられざりしを、やすからず、いきどをりおもひて、たゞすのこにて、宮を四五尺あげてうちたてまつる。人々、しわびて、御几帳《きちやう》どもをさし出して、たてかくし、中門をさして、人をはらへども、きはめて顕露《あらは》なり。四五度ばかり、うちたてまつりて、投《なげ》入なげいれ、祈《いのり》ければ、もとのごとく、内へなげ入つ。そのゝち、和尚まかり出《いづ》。「しばし候へ」と、とゞむれども、「ひさしく立て、腰《こし》いたく候」とて、耳《み丶》にもきゝいれずして出ぬ。宮は投入られてのち、御ものゝけさめて、御こゝちさはやかになり給ひぬ。験徳《けんとく》あらたなりとて、僧都《そうつ》に任《にん》ずべきよし、宣下《せんけ》せらるれども、「かやうのかたゐは、なんでう僧綱《そうかう》になるべき」とて、かへし奉る。そのゝちも、めされけれども、「京は、人を賤《いやし》うする所なり」とて、さらにまいらざりけるとぞ。

『昔物語治聞集』 巻三

『治聞集』巻三は、禽獣、和歌、武家、恋愛（好色）などの説話を収載する。『著聞集』の分類では第一話が「釈教」（六二二）、第二〜第十話「魚虫禽獣」（七〇一、七一一、六九七、七一八、六八一、六九九、六八二、六九八、七一九）、第十一話、第十二話「和歌」（一七一、一七七）、第十三話「能書」（二八六）、第十四話、第二十五話「孝行恩愛」（三一二、三〇二）、第十五話、第二十六話「好色」（三二九、三三一）、第十六話「哀傷」（四六九）、第十七話、第十九話「武勇」（三三九、三三七）、第十八話「弓箭」（三四八）、第二十話「馬芸」（三六四）、第二十一話「相撲」（三七九）、第二十二話「宿執」（四八四）、第二十三話「興言利口」（五六六）、第二十四話「術道」（二九五）となっており、「魚虫禽獣」説話がまとまって収載されるほかは諸道諸芸の説話が一、二話ずつ採られる構成である。

本巻では「魚虫禽獣」説話をまとめて採録する場合も出典から離れた独自の配列になっており、『治聞集』編者が『著聞集』全体を読み込んで自由に採録したことがうかがえる。

表現について見ると、漢字表記の違いや、登場人物の呼称（第十二話、小大進を大進と略称）などの細かい異同があるほか、大きな違いは少ない。目に立つところでは説話の結末にあたる部分が欠脱しているものがある。ひとつは、第十六話「従《じゅ》二位《ゐ》家隆《かりう》往生《わうじやう》の事」後半で、家隆の父母が没し隆祐から歌二首が届いた、という部分、もうひとつは第二十二話「千手《せんじゅ》院康清《くはらせい》が墓に霊魂《れいこん》経をよむ事」後半に続く壱叡の類話である。

ほかに特徴的な説話として、第二十六話「後嵯峨院《ごさがのゐん》白河《しらかは》の少将《せうしやう》のつまに御心をかけさせ給ふ事」が、かなり長文だがほぼ全編収載されている。これは、後嵯峨院と少将妻との恋愛物語で、『なよ竹物語』として独立しても受容されたもので、王朝時代をしのばせる挿話として人気があったのだろう。

しかし、全体に採録、掲載の基準はわかりにくい。部分的に連想が推測されるものとして、第一話「頼朝卿天王寺詣《まかて》付り善光寺如来印相《せんくはうしのによらいゐんさう》の御物語の事」と第二話「江州《ごうしう》たかしま郡《こほり》の牛経《うしきやう》をよむ事」がある。これは慣用句「牛にひかれて善光寺参り」（『俳諧世間尽』に用例がある）をふまえた連想があり、仏教説話から動物説話への転換にふさわしい。

つづく第三話は畜生（犬）による小童供養の精進の説話で、第二話の畜生（牛）による功徳を語る。第四話は仏道修行ではなく殺生にあたる鵜飼のまねをする猿の話、第五話は大蛇を食い殺す熊鷹の話である。鵜飼いと鷹狩りとの対比があるか。第六話、狐の化けた美女との悲恋と、第七話、蛇に湯をかけて殺したたたりで死んだ女の話。狐の愛情と蛇のたたりという動物がもつ執念の両面とともに、「大路」と「小路」との語の連想も見られる。

以上のように配列には俳諧の付合にも似た連想が働いているようである。しかし読み取りが困難な部分も多く、配列方針に関しては今後の研究が待たれる。

（久留島元）

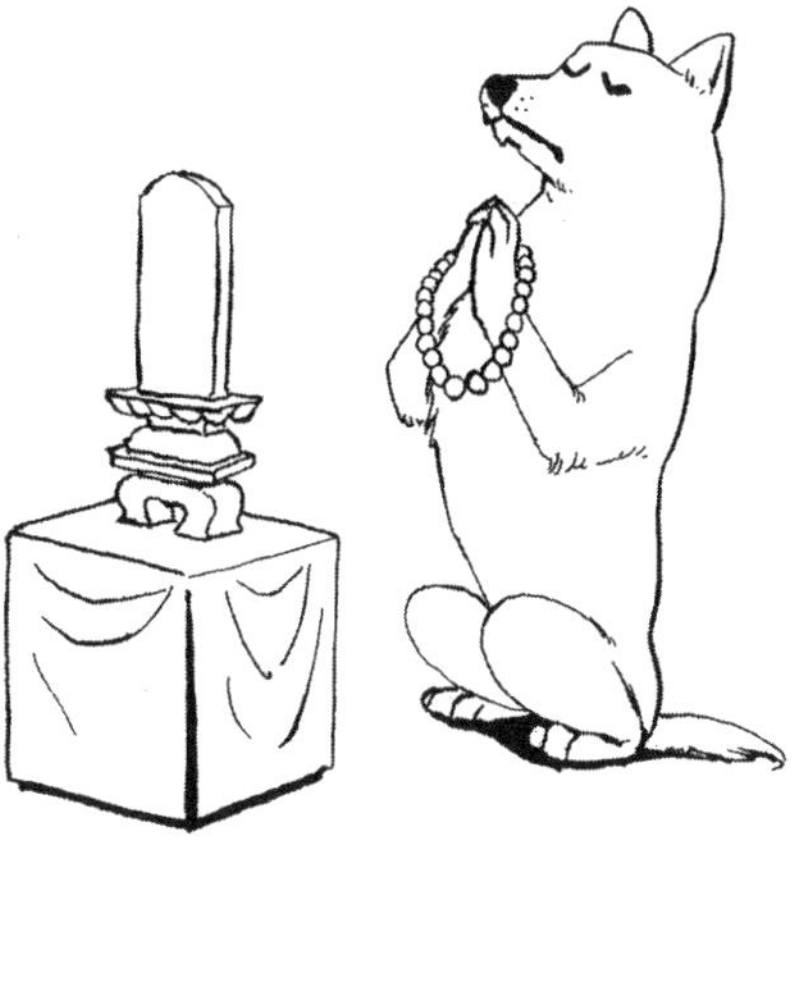

目録

第一　頼朝《よりとも》卿天王寺詣《まふで》付ぜんくわうじの如来印相《ゐんさう》の御物がたりの事

かまくら右《う》大将《しやう》上洛《らく》の時、てんわうじへ参られたりける。そのときは鳥羽宮別当《とはのみやへつたう》にてなんおはしける。御対面《たいめん》ありけるに、幕下《ばくか》申されけるは、「頼朝《よりとも》一期《ご》に、ふしぎ一度候き。善光寺《せんくわうじ》の仏礼《らい》し奉る事二度《ど》也。その内はじめは定印《ちやうゐん》にておはしましき。次の度《たび》は来迎《らいかう》の印にておはしまし候。すべて此ほとけ、むかしより印相《ゐんさう》定《さた》まり給はぬよし。申つたへて候へど、正《まさ》しく証《せう》を見たてまつりて候ひし」と申されけり。「彼《かの》幕下は、たゞ人にはあらざりける」とぞ、宮仰られける。〈幕下は将軍を云〉

第二　江州《ごうしう》たかしま郡《こほり》の牛経《うしきやう》をよむ事

むかし近江《あふみの》国高嶋郡に、平等院河上庄《ひやうどうゐんかはかみのしやう》といふ所に、武蔵阿闍梨《むさしのあさり》勝覚《せうかく》といふ僧あり。件《くたん》の勝覚が父《ち》、家《いへ》に養《かひ》ける牛《うし》夜ことにかならずうめく事侍りけり。そのうめき声たゞにあらで、ものをいふやうに聞えければ、人あやしみて耳《みゝ》をたてゝきゝければ、阿弥陀経《あみだきやう》に聞なしてけり。もしひが聞《きゝ》かと、人をかへてきかするに、皆《みな》おなじさまに聞侍り。うめきはじむるより、声を合せてあみた経をよむに、首尾《しゆひ》あひかなひてけり。かならず夜に一度かくうめきける。先生《せんしやう》の阿弥陀経の持者《ちしや》の畜生道《ちくしやうだう》に入りにけるにや。あはれなる事也。

第三　民部丞《みんぶのぜう》が家の犬精進《いぬしやうじん》の事

むかし遠江守朝時朝臣《とをとみのかみともとき》の許《もと》に、五代《いつしろ》みんぶのせうといふもの有けり。件《くだん》のみんぶのぜう、青毛《あをげ》なるいぬの、ちいさきをかひけり。此犬十五日十八日廿七日月に三度は、いかにも魚鳥《ぎよてう》の類《るい》をくはざりけり。あやしみて、わざとくゝめけれども、猶くはざりけり。十五日十八日は阿弥陀観音《あみたくはんをん》の縁《えん》日なれば、畜生《ちくしやう》なれども、こゝろあればさもありぬべし。廿七日なにゆへにかくはあるにかと、おほつかなし。是をよくよく案《あん》ずれば、此いぬのいまだをさなかりけるをば民部丞《みんぶのせう》が子息《しそく》の、小童《こわらは》かひたてたりけるなり。件の小童、そのかみうせにけり。彼月忌《かのげつき》廿七日にてありけるを、わすれずしてかゝりけるにや。

哀《あはれ》にふしぎなる事。仏菩薩《ほさち》の縁《えん》日、ならびに主君《しゆくん》の月忌をわすれず、恩《をん》を報《ほう》ずる事、人倫《ぢんりん》のなかにも有がたき事にて侍り。いふかひなき犬《いぬ》畜生の、かくしけん事、ありがたき事也。

又ゑつちうの国、宮崎郡《みやさきこほり》に、左兵衛尉平行政《せうたいらのゆきまさ》といふ者の、まだらなる犬をかひけるが、月の十五日には、かならず断食《だんしき》をなんしける。魚鳥《ぎよてう》の類《るい》にかぎらずすべて物をくはざりけるこれも阿弥陀仏の悲願《かん》を報《ほう》じ奉る故にや。ふしぎにありがたき事也。

第四　鴉猿《からすさる》の目《め》をぬかんとする事

もんがく上人、高雄《たかを》興隆《こうりう》の比《ころ》。見まはりけるに清瀧《たき》川のかみに、大なる猿両三疋ありけるが。一の猿岩《さるいは》の上にあふのきふしてうごかず。いま二疋有たちのきてゐたりけり。上人あやしみ思てかくれて見ければ。鴉一羽とひ来て、此ねたる猿のかたはらにゐたり。しばしばかり有て、猿の足をつゝきけり。猿なをはたらかず。死たるやうにてあれば。鴉次第につゝきて、うへにのぼりて、目をくじらむとしける時。猿からすの足を取ておきあがりにけり。そのとき残りの猿《さる》二疋いできて、ながき葛をもちて、鴉《からす》のあしにつけてけり。鴉飛《とひ》さらんとすれどもかなはず。さてやがて河におりて、からすをば水になげ入て、葛のさきを取て、一疋はあり。今二疋は河上より魚をかりけり。人の鵜《う》つかひけるを見て、魚をとらせむとしけるにや。ふしぎにぞおもひよりたりける。からすは水に投《なけ》いれられたれども、その益《ゑき》なくて死《し》にゝければ、猿どもは打捨《すて》て山へ入けり。ふしぎなりし事まのあたり見たりしとて、彼《かの》上人の語りける也。

第五　くまたか蛇《くちなは》を取事

むかし攝津國《つのくに》岐志座《きしのさ》に一丈《ちやう》あまりばかりなる蛇の耳《みゝ》おひたる。時ゝ《とき〳〵》出現《しゆつげん》して、人をなやましけり。見あふもの必《かなら》ず病《やみ》ければ、此くちなは出たると聞て、村人門戸《もんこ》をとぢて逃《にげ》かくれけるほどに、おなじ国の住人《ちうにん》、左近将監《さこんのしやうけん》なにがしとかやいふなるをのこ、くまたかをかいけり。ある日此蛇出たりけるに、例《れい》の事なれば。里人かくれまどひけるに、くまたかに目をかけてはひゆく。くまたかも又身をほそめ、毛《け》をひきて蛇に目をかけてありけるほどに、しばしばかりありて蛇くまたかのをりのもとにすでに近づきぬ。件《くたん》のをりは、細《ほそ》き木をつちに打たてゝある物にて侍るを、この蛇をりのはさまよりかしらをさし入てのまんとするを、くまたか蛇の頭《かしら》より下五六寸ばかりをさげてむずとつかみてけり。つよくつかまれて、くちなはをりをひし〳〵と巻《まき》けるが、次第《たい》につよくまかれて、をりの屋《や》のうへやぶれて、一所《しよ》へとりよせたるやうになりにけり。しもはつちにうちいれたればはたらかず。そのとき鵰《くまたか》、くちなはの首《くび》をくひきりにければ、まとひつるもとけけにけり。蛇うせて、人なやむ事なく成て村里《そんり》のよろこびにてぞ有ける。

第六　朱雀大路《しゆしやうおほち》にて美女《びじよ》にあふ事

むかしあるおとこ、日くれて後朱雀《のちしゆしやう》の大路を通《とを》りけるに、えもいはぬ美女一人あひたりけり。おとこよりてかたらふに、もてはなれたるけしきなし。いみじくちかまさりして、いかにも見のがすべくもおぼえざりけれは、さま〳〵にかたらひちぎりて交《まじは》りをなさんとすれば、女のいはく、「かくほとに成ぬれば、打とけ奉らむ事はやすけれども、もしさもあらば、必《かなら》ず死に給ふべき也」といひてきかす。おとこたへ忍ぶべくもおぼえずして猶あながちにいへば、女せんかたなくおぼえて、「かくまでねんごろに仰らるゝ事なれば、いなみがたし。さらばわれ御命にこそはかはりて、おほせられんにしたかひ侍らめ。そのこゝろざしをあはれとおぼさは、わがために法華《ほつけ》経を書《かき》供養《やう》して、とふらひ給べし」といひて、うちとけゝれば、男さしもの事はあらじとやおもひけん、はやく〳〵ほいとげてけり。よもすがらかたらひなつさふに、思

はしき事限《かぎり》なしとて、夜も明かたになりにければ、女おき分《わかれ》むとて、おとこの扇をこひていふやう、「我申つる事偽《いつは》りにあらず。御身にかはりぬる也其記《しるし》をみんとおぼさば、武徳殿《ぶとくでん》のほとりを見給ふべし」といひてわかれぬ。

男あしたに武徳殿にゆきて見れば、ひとつのきつね、扇をおもてにおほひて死《しゝ》て臥《ふし》たり。おとこあはれにかなしき事かぎりなし。七日ことに法花經一部《ふ》を書《かき》くやうしてとふらひけり。七々日《なななぬか》にあたる夜の夢に、此女天女《てんにょ》に囲遶《いにう》せられて、かたりていはく、「我一乗《せう》のちからによりて、今忉利《とうり》天にむまるゝなりとつげて去《さる》にけり。」此ものかたりは法化伝にも見ゆ。

第七　湯《ゆ》をかけて蛇《くちなは》をころす事

建保《けんほ》の比、きた小路ほり河辺《へん》の在家《さいけ》に女ありけり。ゆをわかして釜《かま》の前に火をたきてゐたりけるに、三尺ばかりなる蛇《へひ》入きて、その釜の前なる鼠《ねずみ》のあなへ入にけり。女おそろしくおもひて、いかゞせましと思ひたる所に、となりなる女きたりけるに、「たゞいまかゝる事こそ有つれ。よにけむつかしくてなどいふを聞て、此女なにかおそれ給ふ。いとやすくしたゝめてん、そのにえたる湯を穴《あな》の口に汲入《くみ》たまへ。さらばあつさにたえずして。はい出なん」といふ。まことにとて、いふまゝ贄《にへ》かへりたる湯を穴《あな》の口にくみ入たりけるほどに、案《あん》にたかはず、蛇いでゝ、ひり〳〵とひろめきてやかて死《し》ぬ。かしこくをしへにけり。さればいかゞはせんとて捨《すて》てけり。

その次の日のひつじの時ばかりに、其湯くみ入よとをしへつる女、にはかにやみ出て、あらあつや〳〵とをめきいり。くるめく事おびたゝし験者《けんしや》をよびていのらするに、蛇《くちなは》の霊病者《れいひやうしや》に顕《あら》はれて、「いかに祈《いの》るともかなふまじ。大路《ち》にて童《わらべ》にさいなまれつるたへがたさに、しばし身をたすからむとて、その穴にはひいりたるは、なにのくるしければ、よしなき事をばいひをしへて。我命をばころしつるぞ」といひてやかてとりころしてけり。その身を見れば、蛇のやけたりけるにたがはす。ただれやぶれたりけり。其刻限《こくけん》もやがて、昨日《きのふ》蛇《へひ》のやかれたりしほどなりけり。かやうの事は、ながく人のすまじき事也。

第八　久世郡《くぜこほり》のむすめ蛇《くちなは》の難《なん》にあふ事

むかし山城《やましろの》国くぜこほりに人のむすめ有けり。おさなきより観音につかへけり。慈悲《じひ》ふかくして物をあはれふに、人蟹《かに》をとりて、ころさんとしけるを見て、あはれみて買《かい》とりてはなちけり。其父田をすかすとて、田都にいでたりけるときくちなは蛙《かへる》をのみて有けるを、打はなたんとすれどもはなたざりければ、まことになをざりがてら、「その蛙はなて、さらば我むこにとらん」といひかけたりける時、くちなは此ぬしが顔《かほ》を打みて、のみかけたるかへるをはきいだしてやぶの中へはひ入ぬ。「げにはよしなき事をもいひつるものかな、くちなはゝさる物にてあるに」とくやしく思へどかひなし。さてかへりぬ。夜にも入ぬれば、いかゞとあんじゐたるに、五位のすがたしたる男入きたれり。今朝の御約束《やくそく》によりてまいりたるよしをいふ。さればこそ、いよ〳〵あさましくくやしき事かぎりなし。何といふべきかたなくて、今両三日をへてきたるべきよしをいひければ、すなはちかへりぬ。むすめ此事を聞て、おぢわなゝきて、寝所などふかくかためてかくれゐたり。両三日をへて来り。此

度はもとのくちなはの形《かたち》なり。むすめのかくれゐたる所をしりて、其あたりをはひめぐりて、尾をもちてその戸をたゝきけり。これをきくにいよ〳〵おそろしき事せんかたなし。心をいたして観音《くはんおん》経をよみ奉りゐたり。かゝるほどに夜半《よなか》ばかりにいたりて。百千の蟹《かに》あつまりきて此蛇をさん〳〵にはさみきりて蟹《かに》はみえず。

此事信力《しんりき》にこたへて。観音加護《くはんおんかこ》したまふ故《ゆへ》に蟹《かに》また恩《をん》を報《ほう》じけるなり。その夜《よ》観音経をよみ奉りて、他念《たねん》なくねんじ入たりけるに、御たけ一尺ばかりなる観音現《げん》ぜさせ給ひて汝《なんぢ》おそるゝ事なかれと仰られけるとぞ。此むすめ七歳より観音経をよみ奉りて、十八日ごとに持斎《ぢさい》をなんしける。十二歳よりは。更《さら》に法華《ほつけ》経一部をよみ奉りてけり。法力《ほふりき》まことにむなしからず。現当《げんたう》の望《のぞ》み。たれかうたがひをなさんや。

第九　法のために馬をぬすむ猿の事

むかしひたちの国多河郡《たかのこほり》に。一人の上人有けり。大きなる猿《さる》をかひけり。件《くたん》の上人、如法《によほふ》経かゝんとて、楮《かふす》をこなして料紙《れうし》すきける時、此猿にむかひて「なんぢ人なりせば、これほどの大願《くはん》に助成《じよぢやう》などはしてまし。畜生《ちくしやう》の身くちおしとは思はぬか」といひたりければ、猿うち聞て、なにとか云《いふ》らん、口をはたらかせどもきゝしる人なし。かくてその夜《よ》猿うせにけり。朝《あした》にもとむれども。すべて行かたをしらず。はやく此さる他の郡へ行てけり。ある人の許に、白栗毛《しろくりけ》なる馬を養《かひ》けるむまやにいたりて、件のうまを盗《ぬすみ》てけり。いづくにてか、とりたりけん。下臈《げらう》のきる手なしといふ布着物《き》をきて、鎌《かま》こしにさして、あみかさをなんきたりける。その馬に打乗て、野のもとへゆきけるを馬主追てきけり。猿《さる》かねてその心をえて、人はなれのやまの岨《そは》、野中などを来《き》ければむまぬしも見あはで、人に問《とひ》ければ「その山のそは、其野の中をこそ、十四五ばかりなる童《わらべ》、其毛《け》の馬に乗《のり》て行つれ」とこたへければ、そのへにかゝりて追《おふ》てゆくに、はやく馬ぬしのこざりけるさきに、此猿ひじりのもとにきて。馬つなきて何とかいふらむ。ひじりにむかひてさま〴〵にくどきごとをしける。おりふし馬ぬし追《おひ》てきたりけり。上人此しだいを。ありのまゝにはじめよりかたりて、猿を見せければ。馬ぬし「かく程のふしぎにて候はん。いかでか此馬かへし給ひ候べき。畜生《ちくしやう》だにも、如法経の助成のこゝろざし候て、かゝるふしぎをつかうまつりて候に、まして人倫《じんりん》の身にて、などか結縁《けちえん》し奉らざらん。速《すみやか》に此馬をば、法華経に奉るべし」といひてかへりにけり。情《なさけ》ある馬ぬし也。

此事さらにうきたる事にあらず。まさしくその猿見たりしとて、語《かた》り申人侍り。此事ははたけやま庄司次郎《じ》がうたれし年の事になん侍ける。建仁《けんにん》二年みづのえいぬのとし也。

第十　知願《ちくわん》上人の乳母馬になる事

むかしあはの国に、知願上人とて国《こく》中に帰依《きえ》する上人あり。乳母《めのと》なりける尼死《あまし》に侍て、彼《かの》上人の許《もと》に、おもはざるに駒《こま》を一疋《ひき》まうけたりけり。これに乗てありくに、道のはやきのみにあらず、あしきみちをゆき、河をわたるときも、あやうき事なく、いそぐ要《よう》のあるときは、鞭《むち》のかげを見ねどもはやくゆき、のどかにおもふときはしづかなり。ことにをきて有かたくおもふさまなるほとに、此馬程なく死にゝければ、上人おしみなげきけるほとに、すこしもたがはぬ馬出来《いでき》にければ、上人よろこびて、さきのやうに秘蔵《ひさう》してのりありきけるに、ある尼《あま》に霊《れい》つきて、あやしかりければ、「たれ人のなに事におはしたるぞ」ととひければ、「我は上人の御めのとなりし尼なり。上人の御事を、あまりにおろかならす思奉りし故に、馬となりて、ひさしく上人を負《おひ》たてまつりて、露も御心にたがはざりき。ほどなく生《しやう》をかへて侍りしかども、

ひじりを猶忘れかたくおもひ奉りし故に、又おなじさまなる馬となりて、いまもこれに侍る也」といふ。上人是をきくに、としごろもあやしき馬のさまなれば、おもひあはせらる、事どもあはれにおぼえて、堂《たう》をたて、仏をつくり供養《くやう》して彼菩提《かのほだい》を弔《とふら》はれけり。馬をはゆ、しくいたはりてそ置たりける。

執心《しうしん》のふかき故に、ふたゝび馬にむまれて、こ、ろざしをあらはしける。いとあはれなり。これ建長《けんちやう》のころの事なればいまの事也。

第十一　能因《のうゐん》法師歌にて雨をふらす事

むかし能因入道。伊予守実綱《さねつな》にともなひて彼国《かのくに》にくだりたりけるに、夏のはじめひさしく照《てり》て、民《たみ》のなげきあさからざるに、神は和歌《わか》にめでさせ給もの也。こ、ろみによみて三嶋《しま》に奉るべきよしを国司《こくし》しきりにすゝめければ

あまの河苗代《なはしろ》水にせきくだせ
あまくだります神ならば神

とよめるを、みてぐらにかきて社司《しやし》して申上たりければ、炎旱《えんかん》のそらにはかにくもりわたりて、おほきなる雨降て枯《かれ》たる稲葉《いなは》をしなへて、みどりにかへりにけり。忽《たちまち》に天災《さい》をやはらぐる事、有がたきためしなりけんかし。

此能因有いたれるすきものにて有ければ、

宮古《みやこ》をば霞とともにたちしかど
あきかせぞふくしら河の関

とよめりけるを、都にありながら、此歌をいださん事念《ねん》なしと思ひて、人にもしられず、ひさしくこもりゐて、色をくろく日にあたりなどして後、「みちのくにのかたへ修行《しゆきやう》の次《ついで》によみたり」とぞ披露《ひろふ》し侍ける。

第十二　北野の天神に祈りて無実をはるゝ事

むかし鳥羽《とは》の法皇《ほふわう》の女房、小大進《たいしん》といふ歌よみ有けるが、待賢門《たいけんもん》院の御方に御衣一重《へ》うせたりけるを、大進負《たいしんおひ》て、きた野にこもりて、祭文《さいもん》書てまもられけるに、三日といふに、神水《しんずい》うちこぼしたりければ、検非違使《けんひゐし》「これにすぎたる失《しつ》や有べき。いで給へ」と申けるを、大進《しん》なく〳〵申やう「おほやけの中のわたくしと申はこれなり。今三日のいとまをたべ。それにしるしなくは、我を具《ぐ》していで給へ」と打なきて申ければ、けんひゐしもあはれに覚えて、のべたりけるほどに、小大進

思はすやなき名たつ身はうかりきと
あら人神になりしむかしを

とよみて、くれなゐのうすやう一重《かさね》にかきて、御宝殿《ほうてん》にをしたりける夜、法皇の御夢に。よにけたかくやんごとなき翁《おきな》の。そくたいにて御枕《まくら》にたちて、やゝとおどろかし参らせて「我はきた野右近《うこん》の馬場《ばゞ》の神にて侍り。めでたき事の侍る。御使たまはりて、みせ候はんと申給」とおぼしめして、打おどろかせ給ひて、「天神のみえさせたまへる。いかなる事のあるぞ見て参れ」とて。「御むまやの御馬に、北面《ほくめん》のものをのせて、馳《はせ》よ」と仰られければ、馳まいり見るに。小大進は。雨しづくと泣《なき》て候ひけり。御前に紅《くれなゐ》の薄《うす》やうにかきたる歌を見て。これをとりて参るほどに。いまだまいりもつかぬに、鳥羽《とは》どのゝ前に、かのうせたる御衣《きよい》をかづきて、前《さき》をば法師、後《あと》をばしきしまとて、待賢門院《たいけんもんゐん》のざうしなりける

ものかづきて、師子《しゝ》を舞《まひ》てまいりたりけるこそ天神のあらたに歌にめでさせ給たりけると、目出たふ、たふとく侍れ。すなはち小大進《こたいしん》をめしけれども。かゝる無実《むしつ》をおふも、心わろきものにおほしめすやうのあればこそとて、やがて仁和寺《にんなじ》なる所にこもりゐてけり。ちからをも入ずしてと。古今集の序《じよ》にかゝれたるは。これらのたぐひにや侍らん。

下巻

第十三　さがのてんわうと弘法大師御手《ごしゆ》跡あらそひの事

嵯峨《さがの》天皇とこふぼふ大師つねに御手跡をあらそはせ給ひけり。あるとき御手本をあまたとり出させたまひて、大師に見せまいらせられけり。其中に殊勝《しゆせう》の一巻《まき》ありけるを、上皇《くはう》仰事有けるは「これは唐人《たうじん》の手跡なり。その名をしらず。いかにもかくはまなびがたし。めでたき重宝《ちようほう》なり」と。しきりに御秘蔵《ひさう》ありけるを、大師仰られけるは、「これは空海《くうかひ》がつかふまつりて候物を」と奏せさせ給ひたりければ。天皇さらに御信用《しんよう》なし。大きに御ふしん有て、「いかでかさる事あらん。当時書《たうじか》るゝ様《やう》に、はなはだ異《い》する也。はしたてゝもをよぶべからず」と。勅定《ちよくぢやう》ありければ。大師「御不審《ふしん》まことにそのいはれ候。軸《ぢく》をはなちて、あはせめを叡覧《えいらん》候へかし」と申させ給ければ。すなはちはなちて御らんずるに。そのとし其日青龍寺《しやうりうじ》におゐて書之。沙門空海《しやもんくうかい》と記《き》せられたり。天皇このとき御信仰《しんけう》ありて誠《まこと》に我にはまさられたりけり。それにとりて「いかにかく当時《たうじ》のいきをひには、ふつとかはりたるぞ」と尋ね仰られければ、「其事は国によりて書《かき》かへて候也。唐土《たうど》は大国《こく》なれば、所に相応《さうをう》していきをひかくのごとし。日本は小国《せうこく》なれば、それにしたがひて、当時《たうじ》の様《やう》をつかうまつり候也。」と申させ給ひければ。上皇大きに恥《はぢ》させたまひて。そのゝちは御手跡《しゆせき》あらそひなかりけり。

第十四　母《はゝ》のために魚《うを》とる法師の事

白川院《しらかはゐん》御時。天下殺生禁断《せつしやうきんだん》せられければ、国土《こくど》に魚鳥《ぎよてう》の類《たぐ》ひ絶《たえ》にけり。その比まづしかりける僧の、とし老たる母《はゝ》を持たるありけり。其母うをなければ物をくはざりけり。たま〳〵求《もとめ》えたるくひ物もくはずして、やゝ日数ふるまゝに、老のちからいよ〳〵よはりて、今はたのむかたなく見えけり。僧かなしみの心ふかくして、尋ね求《もとむ》れともえがたし。おもひあまりて、つや〳〵魚とるすべもしらねども、みづから河の辺にのぞみて、衣にたまだすきして魚をうかゞひて、ちいさきといふ魚ひとつふたつとりて持たりけり。禁制《きんせい》おもき比なりければ、官人《くはんにん》見あひて、からめとりて院の御所《ごしよ》へゐてまいりぬ。先子細《まづしさい》をとはる。「せつしやうきんぜい世にかくれなし。いかでか其よしをしらざらん。いはんや法師のかたちとして、其衣をきながら、此犯《ぼん》をなす事。ひとかたならぬ科のがるゝ所なし」と仰ふくめらるゝに。僧なみだをながして申やう、「天下にこの制《せい》おもき事。皆うけたまはる所也。たとひ制なくとも法師《ほうし》の身にて、此ふるまひ更にあるべきにあらず。但我《われ》とし老たる母をもてり。たゞ我一人の外《ほか》たのめるものなし。よはひたけ身おとろへて、あさ夕の食たやすからず。我又家まづしく財《たから》もたねば、こころのごとくにやしなふにちからたへず。中にも魚《うを》なければ物をくはず。この比天下の制によりて。魚鳥のたぐひいよ〳〵えがたきによりて。身力《しんりよく》すでによはりたり。是をたすけんために、心のをき所なくて、魚とる術もしらざれども、おもひのあまりに河のはたにのぞめり。罪《つみ》を行《おこ》なはれん事、案《あん》のうちに侍り。但此とる所の魚。いまははなつともいきがたし。身のいとまをゆりがたくは、此魚を母のもとへつかはして、今一度あざやかなる味《あぢ》をすゝめて、こゝろやすくうけ給ふ

を聞て、いかにもまかりならん」と申す。これをきく人々、なみたをながさずといふ事なし。院《ゐん》きこしめして、孝養《こうやう》のこゝろざし、あさからぬをあはれみ、感《かん》ぜさせ給ひて、さま〳〵の物どもを馬車につみて給はせゆるされにけり。乏《ともし》き事あらは、かさねて申べきよしをぞ仰られける。

第十五　浄戒《じやうかい》の尼《あま》をおかす事

むかしある人。大原の辺《ほとり》を見ありきけるに、心にくき庵《いほ》有けり。たち入て見れば、あるじとおぼしきあま、たゞひとりあり。すま居《ゐ》よりはじめて、事におきて優《ゆう》にはづかしき気《け》したり。しかるべき先《さき》の世のちぎりやありけん。又この人をたぶらかさんとて魔《ま》やこゝろに入かはりけん。いかにも此あるじを、見過《すぐ》してたちかへるべきこゝちせざりければ、ちかくよりてあひしらふに、此人おもはずげにおもひてひきしのぶを、しゐてとりとゞめてけり。あさましう心うげに思ひたるさま、いとことはりや。何とすとも只今有人もなし。あたりちかく、きゝおどろくべき庵《いほり》もなければ、いかにすまふとても、むなしからじと思ひて、ねんごろにいひて、つゐにほいとげてけり。ちからをよばでたゞ泣《なき》ゐたるけしき。ひとへに我あやまりなれば、かたはらいたき事かぎりなかりけり。したしくなりて後は、いよ〳〵おもひそふ心たちまさりて、すべきかたなかりけれ共、さてしもやがて、こゝにとゞまるべき事ならねば、よく〳〵こしらへをきて、おとこかへりにけり。

さて又二三日有て、たづねきてみれば、もとのすみか、すこしもかはらで、あるじはなし。かくれたるにやと、あなぐりもとむれども、つゐに見えす。前《さき》にあひたりし所に歌をなんかきつけたりける

世をいとふつゐのすみかとおもひしに
なをうき事はおほはらのさと

つゐに行かたをしらずなりにけり。悪縁《あくえん》にひかれて、おもはざるふるまひをしたれども、実《まこと》におもひ入たる人にこそ

侍りけれ。

第十六　従《じゆう》二位《ゐ》家隆《かりう》往生《わうしやう》の事

むかしありける従二位家隆卿は、わかくより後世《ごぜ》のつとめなかりけるが、嘉《か》禎二年十二月廿三日。病におかされて出家、七十九にてなられける。やがて天王寺へくだりて、次《つぎ》のとし。ある人のをしへによりて、にはかに弥陀《みだ》の本願《ほんくはん》に帰《き》して、他事《たじ》なく念仏を申されけり。四月八日。宿執《しゆくしう》やもよほされけん、七首の和歌を詠ぜられける。

ちきりあれは難波《なには》のさとにやどりきて
　なみのいり日をおがみつるかな
なにはの海を雲ゐになしてながむれは
　とをくもあらすみだの御国《み》は
ふたつなく頼むちかひは九《こゝ》の品《しな》の
　はちすのうへのうへもたがはす
八十《やそじ》にてあるかなきかの玉の緒《を》は
　みださですぐれ救世《くせ》のちかひに
うき物と我ふるさとをいづるとも
　なにはの宮のなからましかは
阿弥陀仏と十度《たび》申てをはりなば
　たれもきく人みちびかれなん
かくばかり契《ちき》りまします阿弥陀仏を

しらでかなしき年をへにけり

かくて九日。かねてその期《ご》をしりて、酉刻《とりのこく》に端座《たんざ》合掌《かつしやう》して終《をは》られにけり。本尊をも安置《あんち》せざりけり。たゞいま正真《しやうしん》の仏らいかうし給はんなれば、本尊よしなしとぞいはれける。さていたゞき洗《あらひ》て。よきむしろなどしかせられける。

第十七　八幡《まん》太郎義家《よしいへ》法師の妻《つま》と密通《みつつう》の事

むかしよし家朝臣若ざかりに、ある法師の妻を密会《みつくはい》しけり。件《くたん》の女の家、二条ゐのくまの辺《へん》也けり。築地《ついぢ》に桟敷《さんしき》をつくりかけて、桟敷の前に堀《ほり》ほりて、そのはたに、おどろなどをうへたりける。頗《すこぶる》武勇《ぶゆう》たつる法師なりければ、用心《ようしん》などしける所也。法師のたがひたる隙《ひま》をうかゞひて、夜更《ふけ》てかの堀のはたへ車をよせければ、女桟敷のしとみをあげて、簾をもちあげゝる。そのときとひの尾よりこえ入にけり。堀《ほり》のひろさも猛《まう》なりけるに、うへざまに飛入けん。はやわざの程、凡夫《ほんふ》の所為《しよゐ》にあらず。

この事度《たひ》かさなりにければ、法師聞つけて、妻《つま》をさいなみせためて問《とひ》ければ、有のまゝにいひてけり。「さらば、例《れい》のやうに我なきよしをいひて件《くたん》のおとこを入よ」といひければのかれがかたくて、いふまゝにことうけしぬ。桟敷《さんしき》をあげて例《れい》のやうに入《い》らん所をきらむとおもひて、此法師、其道に碁盤《ごばん》のあつきを、楯《たて》のやうにたてゝ、それにけつまづかせんとかまへて、太刀をぬきてまつ所に案《あん》のごとく車をよせければ、女例《れい》のごとくにしけるに、とびの尾のかたより飛入《とひ》さま、鳥の飛がごとくなり。ちいさき太刀をひきそばめて持たりけ

るを、ぬきて飛さまに碁盤《ごばん》のすみを五六寸計をかけて、とゞこほりなく切《きり》て入にけり。法師たゞ人にあらずとおもひて、いかにすべしともなく、おそろしく覚ければ、はう〳〵くづれおちてにげにけり。くはしくたづねきけば、八幡太郎よし家なりけり。いよ〳〵憶《おく》する事かぎりなかりけり。

第十八　武者所《むしやところ》むつるみさごを射《い》る事

むかし一院。鳥羽《とはの》殿にわたらせおはしましける比、みさご日ごとにいできて、池の魚をとりけり。或《ある》日これをいさせんとおぼしめして。「武者所《むしやところ》に誰《たれ》か候」と御たづね有けるに、をりふし、むつる候ひけり。めしにしたがひてまいりたりけるに「此池に鶚《みさご》のつきて、おほくの魚をとる。射《い》とゞむべし。但《たゞし》いころさん事はむざんなり。鳥もころさず魚をも殺《ころ》さじとおほしめす也。あひはからひて、仕《つか》ふまつるべし」と勅定《ちよくちやう》ありければ、いなみ申べき事なくて、此おを居立て、尺矢《しやくや》を取て参りたりけり。箭《や》はかりまたにてぞ侍りける。池の汀《みぎは》の辺に候て、鶚《みさご》をあひ待《まつ》ところに、案《あん》のごとく、来たりて鯉《こい》をとりてあがりけるを、強引《よつひい》て射《い》たりければ、鶚は射《い》られながら、猶飛《とひ》行けり。鯉は池に落て、腹白《はらしろ》にてうきたりけり。すなはち取上て叡覧《えいらん》にそなへければ、みさごの魚をつかみたる足《あし》を射《い》きりたりけり。鳥はあしはきれたれどもたゞちに死なず。魚も鶚の爪《つめ》たちながらしなず。魚も鳥もころさぬやうに勅定《ちよくちやう》ありければ、かくつかふまつりたりけり。凡夫《ほんふ》のしわざにあらずとて、叡感《えいかん》のあまりに禄《ろく》を給ひけるとなん。

第十九　八幡太郎義家《よしいへ》匡房《まさふさ》卿に物ならふ事

八まん太郎よしいへ、十二年合戦《かつせん》の後、宇治殿《うぢとの》へまいりて戦《たゝか》ひの間のものがたり申しけるを、まさ房卿よく〳〵聞て「器量《きりやう》はかしこき武者《むしや》なれ共《とも》、猶軍《いくさ》の道をばしらぬ」と、ひとり言《こと》にいはれけるを、よしいへの郎等《らうとう》聞て、けやけき事をのたまふ人かなとおもひたりけり。さるほどに江帥《かうそつ》出給ひけるに、やがてよし家も帰着《きちやく》せらる。郎等《ろうとう》「かゝる事こそのたまひつれ」とかたりければ、「やうあらん」といひて、くるまにのられける所へ、すゝみよりて会見《くはいけん》あり。やがて弟子《でし》になりて、それよりつねにまうでゝ学問《がくもん》せられけり。

其後永保《えいほ》の合戦《かつせん》の時、金沢《かなさは》の城《しろ》せめけるに、一行《つら》の雁《かり》飛さりて、刈田《かりた》の面《おも》に、おりんとしけるが、にはかにおどろきて、つらをみだりて飛かへるを、将軍《しやうくん》あやしみて、くつばみをおさへて、「先年江帥《せんねんこうそつ》のをしへ給へる事あり。夫軍《それぐん》野《や》に伏《ふ》すときは、飛雁《ひがん》つらをやぶる。此野に必《かなら》ず敵《てき》ふしたるべし。からめてをまはすべきよし。」下知《けち》せらるれば、手をわかちて三方をまく時、案《あん》のごとく三百余騎《よき》をかくし置たりけり。両陣《ぢん》みだれあひて戦《たゝか》ふ事かぎりなし。さればかねてさとりぬる事なれば、将軍《しやうぐん》のいくさ勝《かち》に乗《のり》て、武衡等《たけひらとう》いくさやぶれにけり。「江帥《こうそつ》の一言《こと》なからましかばあぶなからまし」とぞいはれける。

第二十　平太経家《つねいへ》悪馬《あくは》にのる事

むかし武蔵《むさし》国《のくに》の住人《ちうにん》、つゞきの平太経家は、高名《かうみやう》の馬乗《むまのり》、むまかひなりけり。平家《へいけ》の郎等《らうとう》なりければ、かまくら右《う》大将《しやう》めし取て、景時《かけとき》にあづけられにけり。

そのとき陸奥《みちのく》より、せい大きにして悪馬《あくば》を奉りたりけるを、

いかにも乗《のる》ものなかりけり。きこえあるむまのりどもに、面《めん》〱にのせられけれども、一人もたまるものなかりけり。幕下《はつか》おもひわづらはれて「さるにても此馬に乗《のる》者なくてやまん事、くちおしき事也。いかゞすべき」と景時《かけとき》に言《いひ》あはせ給ひければ「東《とう》八ヶ国《かこく》にいまは心にくき者候はす。但めしうと経家《つねいへ》に候」と申ければ、「さらばめせ」とて、すなはちめし出されぬ。しろきすいかんに葛《くず》のはかまをそきたりける。幕下《はつか》「かゝる悪馬《あくば》あり。つかうまつりてんや」とのたまはせければ、経家かしこまりて「それ馬は人に乗《の》らるゝべき器《うつはもの》にて候へば、いかにたけきも人にしたがはぬ事や候べき」と申ければ、幕下入興《じゆけう》せられけり。「さらばつかふまつれ」とて、すなはちひき出されぬ。まことに大きに高《たか》くして、あたりをはらひてはねまはりけり。経《つね》家すいかんの袖くゝりて、はかまのそばたかくはさみて、ゐぼうしかけして、庭《には》におり立たるけしき、先《まつ》ゆゝしくぞ見えける。かねてぞんじたりけるにや、轡《くつは》をぞもたせたりける。そのくつはをはげてさし縄《なは》とらせたりけるを。すこしもことゝもせず。はねはしりけるを、さしなわにすがりてたぐりよりて乗《のり》てけり。やがてまづあかりて出けるを、少はしらせて、うちとめて、のど〱とあゆませて幕下《はつか》の前《まへ》にむけてたてたりけり。見るもの目をおどろかさずといふ事なし。よくのらせ「今は左様《さやう》にてこそあらめ」と、のたまはせける時おりぬ。大きに感じ給ひて、かんだうゆるされて、むまやの別当《へつたう》になされにけり。

かの経家が馬養《かひ》けるありさまは夜中斗《よなかはかり》におきて、なにゝかあるらん。白き物を一かはらけばかり、てつからもてきたりて必飼《かならすかい》けり。すべて夜々《よるく》ばかり物をくはせて、夜明ればみだけ髪《かみ》ゆはせて、馬の前には草一把《わ》もをかず。さは〱とはかせてぞ有ける。幕下《はつか》、富士《ふじ》川・あひさはの狩《かり》におられける時は、経家は馬七八疋《ひき》に鞍《くら》をきて、手縄《たつな》むすびて、人も付ずうちはなちて侍ければ、経家が馬のしりにしたがひて行けり。

さて狩場《かりば》にて馬のつかれたる折には、めしに従《したかひ》ひてぞまいらせける。かやうに此道をつたへたる者なし。経家いふかひなく入海《にうかい》して死《し》ければ、しる者なし。くちおしき事也。

第二十一　腹《はら》くじりといふ相撲《すまひ》とりの事

むかし中納言伊実《これさね》卿といふ有けり。相撲《すまふ》競馬《けいば》などをこのみて学問《がくもん》などをばせられざりけるを、父《ちち》の大臣《おとゞ》伊通《これみち》公、つねに勘発《かんほつ》し給ひけれども、猶用《なをもち》ひられざりけり。

そのころ、すまひなにがしとかやいふ上手ありけり。敵《てき》の腹《はら》へかしらを入て必《かならす》くじりまろばしければ、これによりてはらくじりとぞいひける。件《くたん》の相撲を、忍《しの》ひやかにめしよせて「この中納言が相撲をしのびこのむがにくきに、くじりまろばかせ。さらば纏頭《てんとう》すべし。しからずはなくなさむずるぞ」と仰合せられにけり。すなはち中納言に「なんぢがすまふこのむに、此はらくじりとつがひて勝負《せうふ》を決《けつ》すべし。かちたらば我制止《わかせいし》する事あるべからず。負《まけ》たらんにおきてはながく此事停止《てうじ》すべし」とのたまひければ、ちうなごんおそれをなして、かしこまりておはしけり。さるほどに、腹くじりめし出されて、やがて決せられけるほどに、中納言は、腹くじりがこのむまゝに、身をまかせられければ、よろこびてくじり入てけり。そのゝち中納言、腹くじりが四辻《よつつじ》をとりて前《まへ》へつよくひかれたりければ、首《くひ》もをれぬばかりおほえて、やがてうつぶしにたふれにけり。大臣《おとゞ》興《けう》さめ給へば、腹くじりは逐電《ちくてん》しにけり。其後中納言、すまひ制止《せいし》の沙汰《さた》なかりけり。

第二十二　千手院康清《くはうせい》が墓に霊魂《れいこん》経を読《よむ》事

むかしひえのやま、せんじゆゐんに、康清といふ僧ありけり。つねに法花経をよみ奉りて、極楽にまうでたるよし、人の夢に見えたり。没後《もつご》にかの墓所《むしよ》に、夜ごとに経一部《ぶ》よむ声をこたらざりけり。改葬《かいさう》して、其墓所を他所《たしよ》にわたしたりける時も、なを経の声おこたらざりけり。在生《さいしやう》の時より執《しう》し奉れる故《ゆへ》に、没後《もつご》にも、其行《きやう》をこたらぬなり。善悪《ぜんあく》につけてしうしんある事は生《しやう》をへだつれどもかゝるにこそ。

第二十三　ある雲客《うんかく》嵯峨《さが》にて面目《めんぼく》うしなふ事

天福《ふく》のころ、ある上達部《かんたちへ》、嵯峨《さか》の辺に造作《さうさく》せむとて見ありきけるに、大覚寺《かくし》の池辺《ちへん》にて破籠《わりご》をひらきたりける所を、老僧のつえにすがりたる一人とをりける。件《くだん》の僧をよびよせて、其辺の事どもたづねければ、えもいはずこまかにこたへければ、いと興《けう》ある老僧《らうそう》也とて。酒をすゝめければ。断酒《だんしゆ》のよしをいひてのまず。

さらばとて、わりごを一合《かう》あたへければ、けふは斎《とき》にてあるよしをいひて喰《くは》ず。「さらば後《のち》〳〵に必ずまいれ。とくいになりて嵯峨《さか》の案内《あんない》にたのまん」などいひて、「家《いへ》はいづくぞ。又名をば何といふぞ」と問ければ、老僧《らうそう》のいひけるは、「此辺の人は左府入道《さふにうたう》とこそ申侍れ」とこたふるに、此公卿《くきやう》あざみまどひてわりごのさたにもをよばずにげにけり。

第二十四　僧正観修《くわんしゆ》あべの晴明《せいめい》等きどくの事

むかし御堂関白殿《みたうのくはんはくとの》、御ものいみに、解脱寺《げだつし》僧正観修・陰陽師《をんやうし》晴明・くすし忠明《たゝあきら》・武士《ぶし》義家《よしいへ》朝臣、時代不審参籠《さんろう》して侍けるに、五月一日南都《なんと》より早瓜《わさふり》をたてまつりたりけるに、「御物いみの中に、とり入られん事、いかゞ有べき」とて、晴明《せいめい》にうらなはせられければ、晴明うらなひて、ひとつの瓜《ふり》に毒気《とくけ》候よしを申て、一つをとりいだしたり。「加持《かぢ》せられば、毒気あらはれ侍るべし」と申ければ、僧正に仰て加持せらるゝに、しばし念誦《ねんじゆ》の間に、その瓜はたらきうごきけり。其時忠明《たゝあきら》に、毒気治《ぢ》すべき由仰られければ、瓜をとりまわし取まはしみて、二所に針《はり》をたててけり。其のち瓜はたらかずなりにけり。義家《よしいへ》におほせて、瓜をわらせられければ、こしがたなをぬきてわりたれば中に小蛇《せうじや》わだかまりて有けり。針は蛇の左右の眼《まなこ》に立たりけり。義家なにとなく中をわると見えつれども、蛇の首《くび》をきりたりける。名をえたる人々のふるまひかくのごとし。ゆゝしかりける事也。此事いつれの日記に見えたりといふ事をしらねども、あまねく申伝て侍り。

第二十五　赤染衛門子《あかそめゑもんこ》の病《やまひ》によりて。住吉《すみよし》明神をいのる事

むかししきぶのたゆふ、大江匡衡《まさひら》朝臣、息式部権大輔挙周《そくしきふのこんのたゆふたかちか》朝臣、重病《ぢうひやう》をうけて、たのみすくなくみえければ、母あかぞめ右衛門、すみよしにまうでゝ七日篭《こも》りて「このたびたすかりがたくは、すみやかにわが命にめしかふべし」と申て、七日に満《みち》ける日。御幣《みてくら》のしでにかきつけゝる

かはらむといのるいのちはおしからで
さてもわかれんことぞかなしき

かくよみたてまつりけるに、神感《かん》ありけん挙周《たかちか》が病よくなりにけり。母下向《ははけかふ》してよろこびながら、此様《やう》をかたるに、挙周いみじく歎《なげき》て、「我いきたりとも、母をうしなひては何のいさみかあらん。かつは不孝《ふかう》の身なるべし」とおもひて、住吉に詣《まふ》て申けるは「母我にかはりて命終《をは》るべきならばすみやかにもとのごとく、わがいのちをめして母をたすけさせ給へ」となく〳〵祈りければ神あはれみて御たすけや有けん母子ともに事ゆへなく侍りけり。

第二十六　後嵯峨院《ごさがのゐん》しら河の少将《しやう》のつまに御こゝろをかけさせたまふ事

八十七代後嵯峨天皇《わう》と申は。つちみかどのゐん第三の皇子《わうし》也。父《ちゝ》の帝《みかと》、寛喜《かんき》三年遠《ゑん》所にて崩御《ほうぎよ》ありし後は、御めのと大納言通方《みちかた》卿のもとにかすかなる御すまゐにてわたらせ給へば、御位の事おぼしめしもよらず。大納言さへ身まかりければ、仁治《にんち》二年の冬の比、八幡《やはた》へまいらせ給ひて、御出家の御いとま申させ給けるに、あかつき御宝殿《ほうてん》のうちに、「徳是北辰《とくはこれほくしん》。椿葉影再改《ちんえふのかけはふたたひあらたまる》」と鈴《すゝ》の声のやうにて、まさしく聞えさせ給ひければこれこそは示現《じけん》ならめと、うれしくおほしめして、還御《くはんぎよ》ありけり。もとの通成《みちなり》中將の亭《てい》へ入《いら》せ給はで、御祖母承明門院《そぼせうめうもんゐん》の、つちみかどの御所へいらせたまひて、そのとしも暮にけり。

同三年正月九日、四条天皇十二歳禁中にして崩御《ほうきよ》あるよしの、しりければ、後堀河院《ごほりかはのゐん》の御かたには、御位につかせ給ふべき宮もおはしまさず。さだめて佐渡院《さとの》の宮たちぞ践祚《せんそ》あらんすらむとて、きゝわきたる事はなけれども、時の卿《けい》相《しやう》雲客四辻《うんかくよつつし》の修明門院《しゆめいもん》へまいりつどふといへども、天照太神《あまてるおほんかみ》の御はからひにや侍りけん。

同十九日関東《くはんとう》より城介義景《しやうすけよしかけ》はやうちにのぼりて、ひそかに承明《せうめい》門院へまいりて、御位は阿波院《あはの》の宮とさだめ侍るなり。「公家《くけ》にはいかゞ御はからひも侍らん」と申て、やがて法性寺《はふしやうし》一條大相国《しやうこく》へも申入てくだりぬ。京中の上下、あはてさはきて、いま更《さら》につちみかどの女院へ、われも〳〵とまいりつどふ。ある人御直衣《なをし》を、とりあへすまいらせたりければ、「此直衣は事《こと》の外にちいさし、こと人のれうにやあらん」とぞ仰られける。「さどの院の宮へまいらせん料《れう》にてこそ有つらめとおぼしめししらせ給ひけるにや」と、なみだをゝさへて、とかく申人なかりけり。同廿日の夜御元服《けんぷく》、やがて内裏へいらせ給ふ。四條大納言隆親《たかちか》卿の家《いへ》、冷泉萬里小路《れいせんまでのこうじ》のだいり也。三月十八日、御とし廿三にて太政官廳《たいしやうくはんのちやう》にて御即位《そくゐ》あり。

六月六日前右大臣《守成公》の女《むすめ》、女御《にやうご》にまいり給ひ、後には大宮《みやの》女院と申て、二代の国母《こくほ》におはします。女御にもしかるべき人々のかぎりまいり給。いやしき女などは、御目にだにもかゝらず。むかしたちかへりて御まつりごとめでたく、御心もちひも、よろづたくみにをはしますあまり、大井の山庄《さんさう》を仙居《せんきょ》にうつしおはします。造営《さうゑい》の事は、権大納言実雄《さねを》卿の沙汰《さた》とぞ聞えし。水のこゝろばへ、山のけしきめづらかにおもしろき所がら也。ひがしは広隆寺《くはうりうし》ときはの森《もり》、にしは前中書王《せんちうしよわう》の旧《ふる》き跡《あと》をぐらやまのふもと、わざと山水をたゝへざれ共自然《しせん》の勝地《せうち》なり。南は大井河、はるかにながれて、法輪寺《ほふりんし》のはし斜《なゝめ》也。北は二身二伝の釈尊、清涼寺《せいりやうし》におはします。眺望《ちようはう》世にすくれて、仏法流布《ふつほふるふ》の所なり。かゝるはこやのやまをしめ給ふ御事は、此院の御とき也。

いづれのとしの春とかや。三月《やよひ》花のさかりに、和徳《わとく》の御つぼにて、二條前関白《さきのかんはく》、大宮大納言、兵部卿、三位ノ頭《とうの》中将などまいりて、御鞠《まり》侍りしに、見物の人々にまじりて、女どもあまたみえ侍る中に、内の御こゝろよせにおほしめす有けり。鞠は御心にもいれさせ給はす。かの女房の方をしきりに御覧ずれば、女わづらはしげにおもひて、打ちまきれて、左衛門の陣《ぢん》のかたへ出にけり。六位《ゐ》をめして、「此女の帰らん所見をきて申せ」と仰せられけれは、蔵人追付《くらんとをひ》てみるに、此女房心得たりけるにや。いかにも此おとこすかしやりてんと思ひて、〈蔵人をまねきよせ、打笑《えみ》て、「なよ竹のと申させ給へ。あなかしこ。御返

事うけたまはらん程は。こゝにて待まいらせん」といへば、すかすとは思ひもよらず、たゞすきあひまいらせんとするぞとこゝろえて、いそぎまいりて此よし申せば、「さだめて古歌《こか》の句にてぞあるらん」とて、御尋ね有けれども、其座にては、しる人なかりければ、為家《ためいへ》卿の許へ御たつね有けるに、とりあへぬ程にふるきうたとて、

たかしとてなにゝかはせんなよ竹の
ひとよふたよのあたのふしをば

と申されければ、いよ〳〵心にくゝおぼしめして、御返事はなくて、「たゞ女のかへらむ所を。たしかに見て申せ」と仰ありければ、たちかへり有つる門をみるに、なじかはあらん見えず。又参りて「しか〳〵」と奏《そう》するに、御気色《みけしき》あしくて、尋ねいださずは科《とか》あるべきよし仰らるれば、蔵人青《くらんどあを》ざめてまかり出ぬ。

この事によりて、御鞠《まり》も、ことさめていらせ給ひぬ。そのゝちはにが〳〵しくまめだゝせたまひて、心くるしき御事にぞ侍ける。ある時、近衛殿《このえとの》・二条殿・花山《くはさんの》院・大納言定雅《さだまさ》大宮《みや》大納言公相《きんすけ》・権大納言実雄《さねお》・中納言通成《みちなり》などまいり給て、御遊《ゆう》ありけれども、さき〳〵のやうにもわたらせ給はす。物をのみおぼしめすさまにて、御なかめがちなれば、近衛殿御かはらけをすゝめ申させ給ふつゐでにや「まことにや近《ちか》き宿の行かたしらぬかやり火にこがれさせをはしますきこえ侍り。高力士《かうりきし》にみことのりして、たづねさせ給はん、かくれあらじ物を、蓬莱《ほうらい》までもかよふ、まぼろしのためしも侍り。まして都のうちの事なれば、さすがやすかりぬべし」とて、みきまいらさせ給ふに、内もすこし打笑《わら》はせ給へども、さして興《けう》をまさせ給はず。そゞろかせたまひて、いらせ給ひぬ。

そのゝち蔵人はいたらぬくまなく、もしやあふとてもとめありきつゝ、仏神にさへいのり申せどもかひなし。思ひわびて、文平《ふんひら》と申す陰陽師《をんやうし》こそ、このごろたなごゝろをさして推察《すいさつ》まさしかなれ。此事うらなはせてみんと思て、まかりむかひてとひければ、「是は内々うけたまはりをよべり。ゆゝしき大事也。文平が占《うらな》ひは此《これ》にてこゝろみたまふべし。火曜《くはよう》をえたり。神門《しんと》なり。けふは巳《み》の日なり。巳《み》はくちなは也。此事を推するに、しばらくの御ものおもひなり。つゐ

にはあはせ給ふべし。但《たゞし》火曜《くはよう》は夏の季《き》にいたりて御悦つゝしみあるべし。くちなはなれば、もとの穴《あな》に入て、もとの所に出べし。夏のうちにかくれけん所にて、必《かならす》あはせ給ふべし。」といひけり。文平《ふんひら》も凡夫なれば、一定《ちやう》たのむべきにはあらねども、無下《むげ》にうはの空なりつるよりは、たのもしきかた出きぬるこゝちして、つねは左衛門の陣のかたをうかゞひけるに、最勝講《さいせうかう》の日、かの女、ありしさまをあらためて、五人つれてふと行あひぬ。蔵人あまりのうれしさに、夢うつゝともおぼえず、あやしまれじとおもひて、人にまぎれて見ければ、仁寿殿《じゞうでん》のにしの庇《ひさし》になみゐてちやうもんす。

講《かう》はてゝひしめかんとき、又うしなひてはいかゞせんと思て、経任《つねたゞ》の殿上《てんしやう》の口におはする所にて、「此事しかく〳〵奏《そう》し給へ」とかたらへば「たゞいま宮《みや》一所に御聴聞《ちやうもん》のほどなり。こちたし」と申しければ、ちからをよばず伝奏《てんそう》の人やおはすると見れともおはせず。一位《ゐ》殿我《わか》御局《つほね》ぐちに女房と物仰せらるゝを見あひまいらせて、畏《かしこまり》て申けるは、「推参《すいさん》に侍れども、天気《き》にて侍り。しかく〳〵の事いそぎ奏したまへ」と申ければ、かねてきこえある事なれば、やがて奏し申させ給ふに、女房して「神妙《しんみめう》なり。かまへてこのたびは不《ふ》覚《かく》せで、ゆくかたをたしかに見をきて申せ」と仰らるゝほどに、講《かう》はつれば夕暮にもなりぬ。この女どもひとつ車にて帰るめり。蔵人我身はあやしまれじとおもひて、さかく〳〵しき女をつけて見いれさすれば、三条白河に、なにがしの少将といふ人の家《いへ》なり。此よしを奏《そう》せるに、やがて御ふみあり

あだに見し夢かうつゝかなよ竹の

おきふしわぶる恋そくるしき

此くれに必」とばかり有。蔵人御書を給てこの所にもてゆくに、おとこある人なれは、わづらはしうてなげくに、御つかひこゝろもとなくて、返事をせむれば、いかにもかくれあらじと思ひて、ありのまゝにかたれば、少将さすがにわづらはしげに思ひて、「おとこの身にて、左右《さう》なくまいらせんもはゞかりあり。あなかしこと、いさめんも便《びん》なかるべき事なり。人によりて事ことなる世なれば、ひとつは名聞《みやうもん》なり。人のそしりはさもあらばあれ。とくとくまいらせ給へ」とすゝむるに、女うちなげきてかなふまじきよし、返〳〵いなひければ、少将申けるは「此三とせがほど、おろかならす思ひかはして過ぬるも、世々のちぎりなるべし。今又めされ給ふもあさからぬ御ちぎりならんかし。はや〳〵伴《ともな》ひてまいり給はずは、さだめてあしさまなる事にて、わが身もをき所なき事にもなりぬべし。よもあしくは、はからひ申さじ。とく〳〵まいりたまへ」とすゝめければ、うちなみだぐみて、御書《ふみ》をひろげて、このくれにかならずとある下に、「を」といふ文字《もし》をたゞ一つ、すみくろにかきて、もとの様《やう》にして御つかひにたまはせてけり。

御ふみもとのやうにてたがはぬを御覧じて、むなしくかへりたるよと、ほいなくおぼしめすに、此「を」文字あり。とかく御思案《しあん》ありけれども、おぼしうるかたなかりければ、女房たちを少々めして此を文字を御たつね有けるに、承明《せうめい》門院に、小宰相《しょうさいしやう》のつぼねとて、家隆《かりう》卿のむすめのさぶらひけるが申けるは「むかし大一条殿、こしきぶの内侍《ないし》の許《もと》へ、月といふ文字をかきて、つかはされたりければ、さるすき者、いづみしきぶがむすめなりければ、やすく心得て、月の下に「を」といふ文字《もじ》ばかりを書てまいらせたりける、其こゝろなるべし。月といふ文字はよさり待《まつ》べし、出《いで》よとこゝろえけり。又人のめす御いらへには、男はよと申、女はをと申也。されば小式部内侍《しきふのないし》、その夜上東門院《しやうとうもんゐん》にさふらひけるがまいりければ、いよ〳〵心まさりしてめでおぼしめしける、これも一定《ちやう》まいり侍なん」と申ければ、御こゝちよげにおぼしめして、さてまたせたまひけり。

夜もやう〳〵更《ふけ》ぬれど、よるのおとゞへもいらせ給はず。とのゐ申のきこゆるは、丑《うし》となりぬるにやと御こゝろをいたましむるほとに、蔵人《くらんど》忍びやかに此女房まいり侍るよし奏《そう》し申ければ、うれしくおぼしめされて、やがてめされにけり。漢武の李夫人にあひ、玄宗のやうきひをえたるためしも、これにはまさり侍らじと、御こゝろのうちもかたじけなく、さま〳〵かたらひ給ふほどに、明やすきみじか夜なれば、あかつきちかくなりゆくに、此女房身のありさまをかきくどき、こまかにはあらねど、心にまかせぬ事のさまを申ければ、先返《まつ》しつかはされてけり。御こゝろざしあさからねばやがて三千の列《れつ》にもめしをかれて、九重《こゝのへ》のうちのすみをも、御はからひあるべきにて有けるを、まめやかに歎き申て、さやうならば中〳〵御なさけにても侍らじ。ふち瀬《せ》をのがれぬ身ともなりぬべし。たゞ此まゝにて、人のいたくしらぬほどならば、たえず召にもしたがひぬへきよしを申ければ、つゐにもとのすみかへかへされて、とき〳〵ぞ忍びてめされける。

彼少将は隠者なりけるを、あらぬかたにつけてめし出されて、よろづに御なさけをかけられて、近習《きんじゆ》の人数《にんじゆ》にくはへられなどして、程なく中将になされにけり。つゝむとすれどをのづから世にもれ聞えて、人のくちのさがなさは。その比のことわざには、鳴門《なると》の中将とぞ申ける。なるとの若和布《わかめ》とて、よきめののほる所なれば、かゝる異名《いみやう》をつけたりけるとかや。

をよそ君と臣《しん》とは水と魚《うを》とのごとし。上としてもおごりにくまず。下としてもそねみみだるべからず。もろこしには楚《そ》の荘王《さうわう》と申君は、寵愛《てうあい》の后《きさき》の、衣をひくものをゆるしてなさけをかけ、唐《たう》の太宗《たいそう》と申。かしこきみかどは、すくれておぼしめしける后も、臣下《しんか》の約束《やくそく》ありとて、くだしつかはされけり。我朝にもかゝるふるきためしもあまた聞え侍にや。いまの後嵯峨《ごさか》の帝《みかど》の御心もちのかたじけなさ、中将のゆるし申けるなさけの色、いづれもまことに優に有がたきためしには申つたふべきものをや。君とし臣《しん》として、何事もへだつる心なく、たがひになさけふかきをもとゝすべきにこそと、むかしより申つたへるも、ことはりに覚え侍り。

『昔物語治聞集』巻四

巻第四は全部で十八の説話で構成されている。第一話から第十三話までが『著聞集』、第十四話から第十八話までが『宇治拾遺』から採録している。『著聞集』の構成と照らし合わせてみると、

①十八（巻第一・神祇）、②二十六（巻第一・神祇）、③八十二（巻第三・政道忠臣）、④一一七（巻第四第五・文学）、⑤二九一（巻第七第八・能書）、⑥三一三（巻第八第十・孝行恩愛）、⑦五八〇（巻第十七第二十六・怪異）、⑧五八二（巻第十七第二十六・怪異）、⑨五九六（巻第十七第二十七・変化）、⑩五九九（巻第十七第二十七・変化）、⑪六〇一（巻第十七第二十七・変化）、⑫六〇四（巻第十七第二十七・変化）、⑬六〇九（巻第十七第二十七・変化）

となっている。神祇や政道忠臣、そして怪異や変化からの採録が目立つ。特に⑦から⑬の七話は全て怪異と変化から採録していることがわかる。

一方で『宇治拾遺』からは⑭巻第十四ノ第三、⑮巻第十四ノ第五、⑯巻第十二ノ第十八、⑰巻第十二ノ第四、⑱巻第十二ノ第十九を採る。全て『宇治拾遺』巻第十二と十四からの採録である。

次に『治聞集』の構成に目を向けてみる。①は隆覚法印の衆徒攻めと春日の霊験、②は重源に対する東大寺建立の夢告が描かれる。②の「俊乗房」に説明がないことから、寄進において広く知られた人物のタイムリーな話題と言える。そして②の「御室」は①からの連想による可能性が高く、南都の寺社という地理的連関も認められる。

③は正当な報酬で手に入れたものを積んだ舟が入海し、不当なものを積んだ舟が無事到着したことで「よははやくすゑ」と嘆いた大江匡房が描かれる。匡房説話はこの一話のみの採録であり、『著聞集』「和歌」などの匡房説話は採らないことから儒学的な道理、非道への関心が窺える。加えて次話④との連関から『和漢朗詠集』の教養を重視しているとも考えられる。その④は「鬼神」（疫病神）までもが菅原文時の家に礼拝して通った話。ここで匡房と文時という漢学者、さらには『和漢朗詠集』によるつながりが見えてくる。いわゆる二話一類の形式である。また④には『治聞集』独自の付加が認められ、『和漢朗詠集』六八五に載る「隴山…」の句を用いている。出典は『本朝文粋』巻第五・表下・

辞状「清慎公の左近衛大将を辞する状　菅三品」であり、『江談抄』巻第六、長句事「清慎公辞二大将一状　文時」にも載る。「私云…」としてまで載せていることから、漢学の教養に対する強い興味関心が見える。

⑤は夢想などにより楽音寺の額の字を書くことを依頼した法深房と引き受けた重病の藤原行能。⑥は父親に賭弓の出来が悪いと言われて殴られたが、父親のことを思って逃げなかった下野公助の孝養心と『孝経』の教え。ここでは、その道の在り方や武士の徳目といった流れが存在する。さらに⑥の「男女のまじはり正しく」という『治聞集』独自の付加から、女性や子どもを享受対象とした儒教的な教えを編纂方針とする姿勢が垣間見える。

⑦から⑬は怪異が続く。⑦は流星や怪雲、大蛇。⑧は島根の県境に連なった氷を重ねた塔の列（挿絵では五重塔）。⑨は身長一尺七八寸で足が一つの水餓鬼に水生の印を結んで水を飲ませるが、後に火印を結んだ覚性法親王。水餓鬼の顔について『著聞集』では「かはぼり」（蝙蝠）に似るとするのに対して、『治聞集』では「かはらう」（河童）に似るとするのは興味深い。⑩は身長八九尺で赤黒く髪は夜叉のような鬼と奥島の島人とのやりとり（島人五人が殺されるが追い返す）。⑪は僧の姿をした妖怪変化に襲われ、髪をつかまれ宙に引き上げられたが、車刀で刺すことで逃れ、何とか一命を取り留めた源仲兼。⑫は山伏や僧に変化して現れた天狗を撃退するが、翌日天狗に空を飛んで連行されて出された酒や肴を断った唯蓮房のもとに白装束の童子が現れて天狗は消え失せ、空を飛んで本房に帰ることができた話。⑬は観教法印秘蔵の守り刀をくわえながら消えた怪しい唐猫。⑧⑨は水の連想、⑨⑩は鬼の連想と言える。

⑭以降は『宇治拾遺』からの採録である。⑭は蛇と対決して勝利した相撲取りの経頼。⑬怪猫から⑭蛇との力比べという流れである。蛇の力の実験が本文では人間六十人程度であるの対して、挿絵では六人程度となっている。また『治聞集』には「相撲とり」という表記が認められ、西鶴作品をはじめとする近世的な発想が窺える。

⑮は新羅国の后が窮地のとき、日本の長谷観音に助けを求めると周囲には見えない金の踏み台・榻（しじ）が出現して窮地を脱する話、いわゆる長谷寺観音の霊験利生譚。⑯は唐の片田舎にいた貧しい男が僧の助言によってひたすら仏

法を信じることで富を得て極楽往生する話。⑮から⑯は国外を舞台とした仏教宣伝譚となっている。
⑰は内記上人寂心が道心賢固のため、勧進の折に法師で陰陽師をつとめる者が紙の冠を付けて祓えをするのを見て、仏教に大きく背く行為として激しく叱責、勧進で集めた物を陰陽師に全て渡して悟りの道に導いたという話。これは布教の実践話であり、寂心こと慶滋保胤（賀茂忠行の子）は菅原文時に師事していたことから④と⑰の連関も考えられる。
巻第四の末尾⑱は金海府（新羅国）で虎騒動に巻き込まれ、虎退治をすることになった壱岐の男がみごとに虎を射倒した話。捨て身の戦法の優秀さを示すとともに日本武道の名を揚げる。武士道、弓の道、虎（怪異）、新羅国と日本（日本意識）など、この巻の要素が混合している感がある。また、⑬⑮⑯⑱は異国に対する興味関心が表れ、特に日本の優秀さを示そうとする日本意識が認められる。

（加美甲多）

目録

第一　春日《かすか》大明神衆徒《しゆと》の軍《いくさ》に御加勢《かせい》の事

むかし隆覚法印《りうかくほふゐん》、保延《ほうゑん》五年に、興福寺《こうふくし》の別当《べつたう》になりたりけるを、衆徒《しゆと》もちひざりければ、隆覚いかりをなして、数百騎《すき》の軍兵《くんひやう》を発《はつ》して、十一月九日、三方よりこうぶくじを打囲《うちかこみ》てけり。二十余《よ》人はいけどりにせられにけり。隆覚、衆徒の首《くひ》をきりて、御寺を焼《やき》うしなふべきよし下知《げぢ》したりければにや、隆覚が兵《つはもの》の中に、放火《はうくは》の具《ぐ》をもちたる者あり。寺の外《ほか》の、小家《いへ》一二宇《う》焼たりけれども、雨ふりてきえにける。おほかた合戦《かつせん》の間、ふしぎどもおほかりけり。春日山に神光《しんちやう》ありけるが、合戦はてゝみえすなりにけり。或《ある》人の夢にも、御寺のかたの兵、鹿《しか》のかたちなりけりと見けり。又神主時盛《かんぬしときもり》が夢には、弓袋《ゆふくろ》さしたるつはもの、数万騎《すまんき》ありけり。時盛あやしみて問《とひ》ければ、「春日大明神の御合戦御とふらひに藤入道《とうのにうたう》殿のまいらせ給ふ、つはものなり」とぞこたへける。時盛おどろく程に、隆覚《りうかく》がつはものいりにけり。大明神の御はからひにて、衆徒の合戦利《り》を得ける、厳重《げんちう》なりける事也。藤《とうの》入道殿とは、誰《たれ》の御事にか、宇治左府《うちさふ》の御記には、御室《むろ》の御事にやとぞ侍るなる。いつ頃《ころ》の事にか。

第二　俊乗房《しゆんせうはう》大神宮参籠《さんろう》の事

むかししゆんぜうばう、東大寺《とうたいし》こんりうの願《くはん》をおこして、その祈請《きせい》のために、大神宮《たいしんくう》にまうでゝ、内宮《ないく》に七ヶ《か》日参籠《さんろう》、七日みつる夜の夢に、宝珠《ほうしゆ》を給ると見侍るほどに、其朝《あした》袖より白珠《しらたま》おちたりけり。めでたくかたじけなくおもひて、つゝみて持《もち》て出ぬ。さて又外宮《げくう》に七日参籠、さきのごとく七日みつる夜、夢に又前《まへ》のごとく珠を給《たび》ける。末代《まつたい》といへども信力《しんりき》の前に神明感応《しんめいかんをう》をたれ給ふ給事かくのごとし。其玉、一つは御室《むろ》にありけり。ひとつは卿《けい》二品《ほん》のもとにつたはりて侍りける。夢に大師「なんぢは、東大寺《とうたいし》つくるべきものなり」と、しめさせ給ひける。はたしてかくのごとし。たゞ人にはあらさりけるかな。

第三　江帥筑紫《こうそつつくし》より上洛財《らくたから》つみたるふね海にしづみし事

むかし匡房《まさふさ》中納言、太宰権帥《たさいのこんのそつ》になりて、任《にん》におもむかれたりけるに、道理《たうり》にてとりたる物をば、ふね一艘《そう》につみ、非道《ひたう》にてとりたる物をも、又一そうにつみてのぼられける。道理のふねは入海《じゆかい》してけり。非道《ひたう》の舟はたしかにつきてめれば、江帥いはれけるは、「世ははやく末になりにたり。いたく正直《ちき》なるまじき也」とぞ侍りけるを、さとらんがために、かくつみてのぼられけるにや。昔中比《ころ》だにかやうに侍り。末代《まつ》よくよく用心《ようしん》あるべきと也。

第四　疫神秀句《ゑきしんしうく》を貴《たふと》む事

いづれの年か、天下に疫病《やくびやう》はやりたりけるに、或人《ある》の夢に、文時《ふんとき》三品《ひん》の家《いへ》の前を、おそろしげなる鬼神《きしん》ども、皆拝《みなはい》してとをりけるを、「あれは何といふ事にて、かくはかしこまるぞ」と問ければ「隴山雲暗李将軍在レ家《ろうさんくもくらしりしやうくんかあるときいへに》」と作りたる人の家をば、いかでか不礼《ぶれい》にて過べき」と答《こた》へけり。鬼神は心たしかにて、かく礼義もふかきによりて、文《ぶん》をもうやまふにこそ。一道《たう》に長ぜる人は、むかしも今もかやうのふしぎおほく侍り。

私云、右の句は清慎公左大将《せいしんこうさ》を辞《じ》し給ひける時の辞状《じ》、文時《ふんとき》の作にて、朗詠集《らうゑいしふ》にも入て侍り下の句は「潁水浪《ゑいすいなみ》　閑《しつかなり》祭征虜之《さいせいりよが》未《ざるときつかへ》レ仕」と侍る。

第五　三位入道行能《けうのう》天人の告《つげ》にて額書《がくかく》の事

むかし法深房《ほふじんはう》とて、いみじき後世者《ごせしや》ありけり。此人の持仏堂《ちふつたう》をば、楽音寺《かくおんじ》と号《かう》して、管絃《くはんけん》の道場《だうぢやう》として、道《みち》をたしなみける輩《ともから》たえず入来《く》る所也。後には阿釈《あしや》妙楽音《めうかくおん》と三字《じ》をくはへて、ちいさき額《がく》を書きて、ほとけの帳にうちたる也。阿弥陀・釈迦《しやか》・妙音天《めうおんてん》などを安置《あんぢ》して、つねに法花経を転読《てんとく》して、音楽《をんかく》を供《くう》ずる故に、かくぞ名づけたる也。件《くたん》の額《がく》あつらへ申さんがために、建長《けんちやう》三年八月十三日、綾小路《あやのこうち》三位入道行能《けうのう》もとへむかはれたりければ、禅門日来所労《せんもんひごろしよらう》にて侍りけるが、其ころことに大事にて、たち居だにかなはざりければ、ふしたる所へ請《しやう》じ入て、ねながら対面《たいめ》せられける。所労《しよらう》のほど誠《まこと》に大事なりけり。腹《はら》ふくれて、息《いき》だはしきとて、ものいはるゝも分明《ふんみやう》ならざりけるが、からくしていはれけるは、「かゝる病床《ひやうしやう》へ入申て、寝《ね》ながら見参《げんざん》する事は、其はゞかり侍れど、かつは最期《さいご》の見参也。御わたり珍しくこそ侍れ。さるにてもきたり給へるゆへ、何の料《れう》にて侍るぞ」と問《と》はれけれは、法深房答《ほふじんほうこたへ》られけるは、「をよそかくほどの御事にておはしましける。つやくしり奉らす。いさゝか所望《しよまう》の事侍りて、まふでつれども、御ありさま見まいらせては、更《さら》にその事おもひよるべからす。今御平癒《へいゆ》のときこそ、申さめ」といはれければ、禅門《せんもん》、「所労《しよらう》はさる事なれども、たゞ仰せられよ。たまくの見参に、いかでか」としゐていはれければ、法深房、此額《がく》の事をいはれてけり。其とき禅門大きにおどろきて、掌《たなこゝろ》を合せ、なみだをながして、「不思儀《ふしぎ》のことに侍りき」とて語《かた》られけるは、「先年《せんねん》近江《あふみ》の国より、僧来りて申事侍りき。あさましくふるくなりたる寺に、其寺を、すこしもあがめ興隆《こうりう》すれば、魔《ま》さまたげをなして、住僧《ちうそう》も怖畏《ふい》《おそれ》をなし、田園《でんゑん》をも損亡《そんはう》せしむる事、年を追《をふ》てはなはだしき也。此事をまのあたり見れば、其おそれ侍れども、たちまち荒廃《くはうはい》《あれすたる》せん事かなしく侍れば、猶興隆のおもひあり。額《かく》書て給《た》べと申侍しかば、すなはち書てあたへ侍りき。其のち四五年を経《へ》て、件《くたん》の僧又来りて申侍しは、此額《がく》をうちてより、魔《ま》のさまたげなし。住僧も安堵《あんと》し寺領《じれう》も豊穣《ふねう》なり。喜悦《あつ》のおもひをなすところ、偏《ひとへ》に此額《がく》のゆへなりと、夢想《むさう》のつげあり。此事のかたじけなさに、まいりてことのよしを申入侍る也とて、たなこゝろをあはせて去《さり》侍りにき。しかるに去《さんぬ》る八日、此病につかれてふしたるに、暁《あかつき》にをよびて、夢に見るやう、天人とおぼしき人、額を持《もち》て来りて、此額の文字損《そん》したる。なをして給へといひて、給《た》ぶと見れば、先年書たりし、近江国の額也。げにも文字少々消《せうせうきえ》たる所あり。夢の中《うち》になをして奉りつ。天人よろこべるけしきにて、かへり給はんとするがみかへりてのたまふやう。今五ケ日がうちに又額《かく》あつらへ奉るべき人あり。かならす書給ふべし。一仏浄土《じやうと》の縁《えん》たるべきなりとて、さりぬと思ふほどに、夢さめぬ。此事によりて、心のうちに、日ごとに相待《まつ》ところに、けふ五ケ日満《みつ》る也。しかるを此額《がく》あつらへ給ふ。これ一仏土の縁也。やがても書侍るべきに、此額にをきては、精進《しやうしん》してかき侍るべし。いかにもこれかきはてんまでは、よも死《し》に侍らじ」とて、なくく随喜《すいき》せられける也。「抑《そもそも》天下に、道《みち》にたづさはる人おほけれども、御辺《ごへん》の道にをきては、又対揚《たいやう》なし。それにつきては、我《わか》道こそ侍りけれ。其故は今度閑院殿遷幸《かんゐんとのせんかう》に、年中行事《きやうじ》の障子《しやうし》を書べきよし宣下《せんけ》せられたりしを、入道は此所労《しよらう》のあひだかなはず。経朝朝臣《つねともあそん》は訴訟《そせう》によりて関東《くはんとう》に下向す。これによりてふるきさうじを用らるべきよし。其沙汰《さた》有けるを、武家《ふけ》より其義《き》しかるべからす。いかやうなりとも、彼家《かのいへ》の子孫書《かき》遣(ママ)ずべき也と申によりて、経朝朝臣が子、生年《しやうねん》九歳《さい》の小童《こはらは》、かたじけなくも勅定《ちよくちやう》をうけたまはりて書遣ず。これをもてこれをおもふに、御辺《ごへん》の道と、入道が道《みち》とこそ、ならぶ人な

かりけれと、自讃《じさん》せられ侍る也。世に管絃者《くはんげんしや》おほかれとも誰か御辺とひとしき人ある。手かき又おほけれども、朝《てう》の御大事にあふも、たゞ此家《いへ》計なり。さればかゝる夢想《むさう》も有て、一仏土《と》の縁《えん》となり申べきにこそ」とて、感涙《かんるい》をたるゝ事かぎりなし。此事さらにうけることにあらず。法深房語《ほふじんはうかたり》申されしうへ、三位入道この事を記《しる》したる状に、判をくはへて、ほふじん房のもとへをくりたる状を書侍る也。

第六　賭弓《のりゆみ》の日右近《うこん》の馬場《むまば》にて武則公助《たけのりきんすけ》を打擲《ちようちやく》しつる事〈法《ほ》奥院《こゐん》殿の随身《すいしん》也〉

むかし、武則、きんすけ、といふ随身父子《ずいじんふし》ありけり。右近《うこん》のむまばの賭弓《のりゆみ》わろくつかふまつりたりとて男《むすこ》きんすけを、晴《はれ》なる所にて打けるを、にげのく事もなくてうたれければ、見る人「いかに逃《にげ》ずして、かくはうたるゝ」といひければ、「若《もし》にげ侍りなば衰老《すいらう》の父《ちゝ》追《を》はんとせんほどに、たふれなどし侍らば、きはめて不便《ふびん》なりぬべければ、かくのごとく、心のゆく程うたるゝなり」と申ければ、世の人「いみじう。孝子なり」といひて、世のおぼえこれよりぞ出きにける。聖徳太子《しやうとくたいし》、ようめいてんわうの御つえの下に、したがはせ給ひけるを、思ひ入たりけ

るにや。孔子《こうし》の弟子《でし》曽参《そうしん》といひけるは、父《ちゝ》のいかりて打けるに、にげずしてうたれけるをば、孔子《こうし》聞給ひて、「もしうち殺《ころ》されなば、父の悪名《あくみやう》をたてん事、いみじき不孝《ふかう》なり」と、いましめ給ける。これもことはり也。親の気色《きしよく》によるべき事なり。をよそ父母《ぶも》につかふまつるべき道《みち》、くはしく孝経《けうきやう》に見えたり。喪礼《さうれい》の儀式《ぎしき》までしるせり。これらもみるべし。聖教《しやうけう》には、孝養《けうやう》父母《ぶも》奉仕《ぶじ》師《し》長《ちやう》をもて往生《わうしやう》のもとゝせり。身体髪膚《しんたいはつふ》を父母《ふも》にうくるは、生《しやう》のはじめなれば、恩徳《をんとく》の最高《さいけう》なる事、父母《ちゝはゝ》にすぐべからず。をよそ人は、上には忠貞《ちうてい》のまことをつくし、下には憐愍《れんみん》のおもひをふかくし、父母《ふも》親類《しんるい》には、孝行《けうけう》の心をむねとし、友《とも》にあらそはず、人をかろしめずして、仁義礼智信《じんきれいちしん》の五常《じやう》をみだらざるを徳《とく》とすべし。又夫婦《ふうふ》の中をば、忠臣《ちうしん》の道にたとへたり。女はよく夫《おつと》にこゝろざしをいたすべき也。さればかしこき女は、男女《なんによ》のまじはり正《たゞ》しく、つゝしみしたがふのみにあらず、なき跡《あと》までも、ひとり貞女峡《ていじよけう》の月をながめ、ながく燕子楼《ゑんしろう》の中《うち》に、とぢこもるたぐひあまたきこゆ。又此世ひとつならず、おなじ道にともなふためしおほかり。くはしくしるすにをよはす。

第七　龍尾道《れうひたう》に大蛇《しや》おちかゝる事〈龍尾道は禁中殿の名なり〉

延《ゑん》長八年七月十五日とりのときに、大きなる流星《りうせい》《よはひほし》、東北《とうほく》をさしてひきけるが、其あと化《け》して雲となりにけり。おなじき二十日《はつか》くろき雲西南《せいなん》よりきたりて、龍尾壇《れうひたん》をおほふ。すなはち風吹て大蛇《しや》の五六丈ばかりなる落かゝりて、高欄《かうらん》やぶれにけれど蛇は見えざりけり。

第八　氷にて塔《たう》をつくる事

おなじき四年正月下旬に、おなじ国《いつものくに》秋鹿郡《あきかこほり》の海辺に槌《つち》をうつ声きこえけり。夜明て見れば、嶋根《しまね》郡のさかひより、楯縫《たてぬい》郡のさかひまで一町余《あまり》が程、氷をかさねて塔をつくりならべたてたり。をのくたかさ三丈あまり、めぐり七八尺ぞ有ける。後にはきえやうせけん。なにのしさいといふ事をしらず。おそろしかりける事也。

第九　瘧《おこり》の神水をのむ事

むかし五の宮の御室《むろ》、しづかなる夕《ゆふへ》、御手水《てうつ》など召《めし》てひとり嘯《うそふ》きおはしけるに、御簾《みす》をかゝげて、長《たけ》一尺七寸ばかりなるものゝ、足《あし》一つある、面《かほ》すがたさすが人のやうながら、河童《かはらう》のつらに似たり。まいりて御前に候ひけるを、「あれはなにものゝやうだいぞ」と仰られければ、「をのれは餓鬼《がき》にて候也。水に飢《うへ》たる事たへがたく候。世間《せけん》に人の煩《わつら》ひ候瘧《おこり》と申さふらふ事は、をのれがいたす事に候。我と水をもとめ候へば、いかにも得がたく候て、人につきて其《それ》が飲《のみ》候に、飢《うへ》をやすめ候也。しかあるを、もろ〳〵の人、君に申して、御手跡《しゆせき》にても、御念珠《ねんじゆ》にても、たまはり候て、身にふれ候者は、我におかさるゝ事候はす。まして御加持《かぢ》など候ひぬれば、あたりへだにもよらず候。これによりて、水のほしう候事たへ忍ふべくも候はす。たすけさせおはしませ」と申ければ、いとおしくおぼしめして、「まことに聞がごとくならば、ふびんなる事也。これより後こそ、其こゝろをえめ」とて、御盥《たらゐ》に、みづから水を入させ給ひて、たまはせければ、打うつふきて、よに心よげに、すは〳〵と皆のみてけり。「猶ほしきか」と問《とは》せ給へば、「すべてあくときなく候」と申ければ、水生《すいしやう》の印《ゐん》むすばせ給ひて、御指《ゆひ》を一口にさしあてさせ給へば、うれしげにおもひて、すいつきまいらせけり。さるほどに、其御ゆびより、次第に御苦痛《くつう》あらせ給ひて、火印《くはゐん》をむすばせ給ひければ、御こゝちもとのごとくならせたまひにけり。

第十　伊豆国《いづのくに》奥嶋《おきのしま》へ鬼《おに》来る事

承安《せうあん》元年七月八日、いづの国、おきのしまの浜《はま》に、ふね一そうつきたりけり。嶋《しま》人ども「難風《なんふう》に吹《ふき》よせられたるふねぞ」とおもひて、行むかひて見るに、陸地《くかち》より、七八段《たん》ばかりへだて丶、ふねをとゞめて、鬼縄《おになは》をおろして、海底《かいてい》の石に、四方をつなぎて、彼《かの》鬼八人、ふねよりおりて海に入て、しばし有て岸《きし》にのほりぬ。嶋人粟《あは》酒をたびければ、飲食《のみくい》ける事馬のごとく、鬼は者のいふ事なし。そのかたち身は八九尺ばかりにて、髪《かみ》は夜叉《やしゃ》のごとし。身の色《いろ》あかく黒《くろ》く、まなこまろくして猿《さる》の目のごとし。皆はだか也。身に毛帯す。蒲《がま》をくみて腰《こし》にまきたり。身にはさまくのをのくかたをゑり入たり。まはりにふくりんをかけて、各《をのをの》六七尺許《ばかり》なるつえをぞもちたりける。嶋人の中に、弓矢《ゆみや》もちたる者の有けり。鬼こひけるに、嶋人惜《おし》みければ、鬼、ときをつくりて、つえをもちて、先《まつ》弓もちたる人をうちころしつ。をよそうたる丶者、九人がうち五人は死《し》ぬ。四人は手を負《おひ》ながら活《いき》たりけり。其後鬼、脇《わき》より火を出しけり。嶋人「皆ころされなんず」と思ひて、神物《しんもつ》の弓矢を申出して、鬼のもとへむかひたりければ、鬼海に入て、底《そこ》より舟のもとにいたりて乗《のり》ぬ。すなはち風にむかひてはしりさりぬ。

第十一　近江守《あふみのかみ》仲兼《なかかね》ばけものにあふ事

むかし主殿頭光遠《とのそのかみみつとを》朝臣、法住寺《ほふちうし》をつくりける時、子息《そく》あふみのかみ仲兼、毎日《まいにち》奉行してまいりけり。ある日退出《たいしゆつ》しけるほどに、日くれて後、東寺辺《へん》をとをりけるに、相ぐしたる下人ども、皆《みな》車のさきにはしりける間に、くるまのうしろには人もなかりけり。よの中くらくて、わづかに星《ほし》の光ほのかなるに、見れはしろきひたゝれきたる法師一人、くるまのうしろにあゆみきけり。あやしうおもひて、うしろのすだれをかゝげて見れば、父朝臣《ちゝあそん》がもとにめしつかふ。中間《ちうげん》次郎法師なりけり。其ころ件《くだん》の法師を勘当《かんたう》して、追《をひ》いだしたるころなりけり。たゞいまこゝに来たるは、我を犯《おか》さんとおもふにこそと思ふより、きくかいにおほえて、下人どもにかくともいはず、車刀《くるまかたな》のあるをとりて、うしろよりをどりおりて、此法師にいふやう、「なんぢは次郎法師めか。なにの故《ゆへ》にたゞいま爰にはきたるぞ。きくかいのやつかな」とて、はしりかゝりたるを、此法師、次郎法師とおもふほどに、其たけ次第に大きになりて、かきけすやうに失《うせ》にけり、とおもふ程に、空より仲兼《なかかね》かゐぼしを打おとして、もとゞりを取てひきあげゝり。そのをりくるま刀にて、あけさまにさしたりければ、手ごたへしけり。かくさしつとおもふほどに、もとゞりをはづして土へおとしけり。しらあをのかりきぬをきたりける。血《ち》おほくながれつきてけり。右の手なんどにもつきたりけり。扨下人は、主《しう》のかゝるともしらず車にのりたるぞとおもひて、父朝臣《ちゝあそん》が亭《てい》きりつゝみへやりて、行ておろさんとするに、主人《しうしん》なし。おどろきさはぎて、すなはち人勢《せい》をこして、火おほくともしてもとむるに、東寺の南の、つくり道の田中にて求《もと》め出してけり。太刀を手にもちながら死《しゝ》てありけり。則かきもてゆきて、数日《すじつ》祈《いの》り加持《かち》して、もとのごとくになりにけり。其太刀をば、法皇《ほふわう》のめして、蓮《れん》花王院《けわうゐん》の宝蔵《ほうさう》におさめられにけり。

第十二　天狗《てんぐ》法師唯蓮房《ゆいしんはう》をさまたぐる事

建保《けんほ》の比、大原のゆいしん坊、五種《しう》行をはしめおこなはれけるに、天狗《ぐ》たび〳〵さまたげをなしけり。ゆいしん坊は書写《しよしや》の法にて侍りけるに、或《ある》ひるつかた、あかり障子《しやうし》の外《そと》にて、聞もしらぬ声にて、「唯蓮坊」とよぶ人あり。「たそ」とはかりこたへて出あはす。さるほとに後戸《うしろと》のかたより、此人入くるをみれば、いとおそろしげなる山伏《ふし》也。天狗にこそとおもふより、おそろしき事かぎりなく、只十羅刹《らせつ》をねんじ奉りて、また目もあはせず書写《しよしや》するに、此やまぶし、「あゝたふとげにおはする物かな」といひて、其日はかへりぬ。そのゝち又見もしらぬ中間《ちうけん》法師一人きたりていふやう、「たゞいま僧正御坊《はう》御入室《ゆうしつ》候。見参《けんさん》せんとあり」といへば、そのときは天狗《ぐ》ともおもひもよらで、いそぎ出て見るに、げにも僧正の、あまたの僧をぐしておはしたり。「こゝへ」と呼《よば》れければ、其命《めい》にしたがひてより行に、こゝもとゝ思ふに、次第に遠くなりけり。こはいかにとあやしく思ふほどに、此僧共たちかこめて、其中に一人が釣《つり》なはをもちて、ゆいしん坊にうちかけゝり。はやくしばらんとするにこそとおもひて、剣《けん》をぬきてこれをあはくに、葛《かつら》みなきられてのきにけり。かくする事たび〳〵になりけれども、しらずして、法師どもゝ失《うせ》ぬ。それより唯蓮坊はかへりて、猶此行をいたす。又次の日山伏、あかりしやうじをあけて来れり。さきのことく他念《たねん》なく十羅刹《らせつ》をねんじ奉りてゐたるに、天狗手をさしあげて、ゆいしんばうのかいなをとりて、「いざ給へ」といひて、ひき出さんとしけり。唯蓮坊すまひていでず。かく

からかふ程に、硯《すゞり》にこがたなの有けるをとりてもたりけるほどに、こがたなを天狗のかいなに、いさゝか、つきたてけり。其時天狗、「此ぎならんにとりては」といひて、唯蓮坊をひきおしていぬ。空をかけるかとおほしくて、ゆくこゝろも心ならず、只夢のごとし。よもの梢《こずゑ》などの、したに見えわたされけるにぞ、空を行とはしられける。さてある山の中にをきぬ。いさゝか竹門《ちくもん》ある家のふるびたるにをきて、あかり障子《しやうじ》の有けるをひきあけて、「これへ」と請《しやう》じ入ければ、これ程の義になりては、いなひても叶《かな》はじと思ひて、いふにしたがひて入ぬ。内のかたをきけば、此まうけいとなむとおほしくて、人あまたがをとなひして、ひしめきいとなむ。「待《まち》人いらせ給ひたり」といふほどに、法師一人高杯《たかつき》にさかな物すへてもてきたりけり。又銚子《ちうし》に酒入てきたれり。「是まいり候へ」とすゝむるを見れば、此さかなにもれる物ども、すべて見もしらぬもの也。ともかくもものいはず、たゞ三宝《ほう》に身をまかせて、かひつくろひてゐたれば、しきりにこれをすゝむ。断酒《だんしゆ》のよしをいひてのまねば、此酌《しやく》とりの法師、いかにも御酒まいらぬよしを奥《おく》のかたへいひければ、「さらばこれをまいらせよ」とて、則《すなはち》ゆゝしき美酒《びしゆ》をとりいだしたり。これもつや〱見もしらぬものどもを、盛《もり》そなへたり。「御酒をこそまいり候はざらめ。是をばまいり候べきなり」とすゝむれば、持斉《ぢさい》のよしをいひてくはず。猶すゝむれどもいまだくはずして、いよ〱ふかくきねんをいたすところに、竹の戸のかたに人のをとするを見やりたれば、白装束《しろさうぞく》なる童子《とうし》二人、ずはへをもちておはします。是を此天狗法師、うち見るよりやがてうせにけり。さしもおくのかたに、ひしめきのゝしりつるをとなひ共、すべて息《いき》をもせずなりぬ。木《こ》の葉《は》を風のさそひていぬるがごとし。そのとき唯蓮坊《ゆいしんはう》、心神《しんじん》やすくなりて、おそるゝ事なし。あまりのふしぎさに家のおくさまにゆきて見めぐるに、すべて人なし。じふらせつのたすけ給にこそとたふとくかたじけなき事かぎりなし。さりとても、そこらの者どもいづちへうせぬらんとおもふに、あるひは、縁《えん》の束柱戸《つかはしらと》のかくれ、あるひはなげしける木のあひだなんどに、わづかに子鼠《ねずみ》ばかりの身になりて、小法師原身をそばめ、世をおそれてかくれまどひおりけり。ゆいしんばうを見て、おそれたる事あさましけ也。其童子《どうじ》ひしりをよびて、「おそれおもふ事なかれ」とて、二人はさきにたち、一人はうしろに立ておはします。はしめきたりつる時は、はる〳〵と野山をこえ空をかけり、や、ひさしかりつるに、此童子の御うしろにしたがひて、たゞ須臾《しゆゆ》の間に、本坊に行つきにけるとなん。これ更《さら》に浮《うき》たることにあらず。末代といひながら信力《しんりき》にこたへて、法験《ほふけん》のむなしからさる事かくのごとし。

第十三　からねこしな玉をとる事

むかし観教法印《くはんけうほふゐん》が、嵯峨《さが》の山荘《さんざう》に、うつくしき唐猫《からねこ》の、いづくよりともなくて出きたりけるを、とらへて買《かひ》けるほどに、件《くたん》のねこ、玉をおもしろくとりけれは、法印愛《あひ》してとらせけるに、秘蔵《ひさう》のまもりかたなをとり出て、玉にとらせけるに、件の身《み》をくはへて猫やがて逃《にけ》さりにけり。人々追《をひ》てとらへむとしけれともかなはす。行がたをしらすうせにけり。此猫《ねこ》もし魔《ま》の変化《へんけ》してまもりを執て後おそるゝ所なくおかして侍るにや。おそろしき事也。

第十四　経頼《つねより》くちなはにあふ事

むかしつねよりといひける相撲《すまひ》とりの家《いへ》のかたはらに、古《ふる》河の有けるが、ふかきふちなる所ありけるに、夏、其河ちかく木陰《こかけ》の有ければ、かたびらばかりきて、中ゆひて、あしだはきて、またぶり杖《つゑ》といふ物つき、小童《こわらは》ひとりともにぐして、とかくありきけるが涼《すゞ》まんとて、其渕《ふち》のかたはらの木かげにゐにけり。渕あをくおそろしげにて底《そこ》も見えず。芦菰《あしこも》などいふ物、おひしげりたりけるを見て、汀《みきは》ちかくたてりけるに、あなたの岸《きし》は六七たんばかりはのきたるらんと見ゆるに、水のみなぎりて、こなたさまにきければ、なにをさはぐにかあらんとおもふほどに、こなたの汀ちかくなりて、蛇《へひ》のかしらをさし出たりければ、「此くちなは、大きならんかし。外様《とさま》にのぼらんとするにや」と、見たてりけるほとに、蛇かしらをもたげて、つく〳〵とまもりけり。いかにおもふにかあらんと思て、汀一尺ばかりのきて、はたちかく立て見ければ、しばしばかりまもり〳〵て、かしらを引入てけり。扨あなたの岸《きし》さまに、水みなぎると見けるほどに、又こなたさまに浪たちさはぎて後、くちなはの尾を汀《みきは》よりさしあげて、わがたてるかたさまにさしよせければ、「此蛇《くちなは》おもふやうのあるにこそ」とて、まかせて見たてりければ、なをさしよせて、経頼《つねより》が足を三四返ばかりまとひけり。いかにせんするにかあらんとおもひて、たてるほどに、まとひてきしきしとひきければ、河にひきいれんとするにこそ有けれと、其おりにしりて、ふみつよりてたてりければ、いみじうつよくひくとおもふ程に、はきたるあしだのはをふみおりつ。ひきたをされぬべきをかまへてふみなをりてたてれば、つよく引ともおろかなり。ひきとられぬべくおほゆるを、あしをつよく踏《ふみ》たてければ、かたつらに五六寸ばかりあしをふみ入てたてりけり。よくひくなりとおもふ程に、なはなどのきるゝやうにきるゝまゝに、水中《すいちう》に血《ち》のさつとわきいづるやうにみえければ、きれぬるなりけりとて、あしをひきければ、くちなは引さしてのぼりけり。其ときあしにまとひたる尾をひきほどきて、足を水にあらひけれども、蛇の跡《あと》うせざりければ、「酒にてぞ洗《あら》ふ」と、人のいひければ、酒とりにやりてあらひなどして、のちに従者《じうざ》どもよびて尾のかたをひきあげさせたりければ、大きなりなどもおろか也。きれくちのおほきさ、わたり一尺ばかりあらんとぞ見えける。かしらのかたのきれを、見せにやりたりければ、あなたの岸に、おほきなる木の根《ね》の有けるに、かしらのかたをあまたかへりまとひて、尾をさしおこして、足をまとひてひくなりけり。力《ちから》のおとりて、中よりきれにけるなめり。わか身のきるるをもしらず引けん。あさましき事なりかし。そのゝち蛇の力のほど、いくたりばかりのちからにかありしと、こゝろみんとて、おほきなる縄《なは》を、蛇のまきたる所につけて、人十人ばかりしてひかせけれども、「なをたらず

〱」といひて、六十人ばかりかゝりてひきけるときにそ、「かばかりぞおぼえし」といひける。それをおもふに、つねよりが力は、さは百人計がちからをもたるにやとおぼゆる也。

第十五　新羅国《しんらこく》の后《きさき》金榻《こんたう》の事〈こかねのしぢ〉

むかし新羅国にきさきおはしけり。其后忍《しの》びてみそかおとこをまうけたりけり。御門このよしを聞給ひて、后をとらへて、髪《かみ》に縄《なは》をつけて、上へつりつけて、あしを二三尺ひきあげてをきたりければ、すべきやうもなくて、こゝろのうちにおもひ給ひけるやう、かゝるかなしき目を見れども、たすくる人もなし。つたへてきけば、此国より東に、日本といふ国あなり。そのくにゝ、長谷《はせ》の観音《くはんおん》と申仏現《げん》じ給ふなり。菩薩《ほさつ》の御慈悲《じひ》、この国まできこえてはかりなし。たのみをかけたてまつらば、などかはたすけたまはざらむとて、めをふさぎてねんじ入給ふ程に、金《こかね》の榻《しぢ》、あしの下にいできぬ。それをふまへてたてるに、すへてくるしみなし。人の見るには、この榻みえず。日来《ひころ》ありてゆるされ給ひぬ。後に后《きさき》、もち給へる宝《たから》どもを、おほく使をたてゝ、長谷寺にたてまつり給ふ。其中に、大きなるすゞ、かゞみ、かねの簾《すたれ》、今に有とぞ。かの観音ねんじ奉れば、他国《たこく》の人もしるしを蒙《かうふ》らずといふ事なしとなん。

第十六　貧俗仏性《ひんぞくふつしやう》を観《くはん》じて富《とめ》る事

むかし唐土《もろこし》のへんしうに、一人のおとこあり。家貧《まつ》しくして宝《たから》なし。妻子《さいし》をやしなふにちからなし。求《もとむ》れども、うる事なし。かくてとし月を経《ふ》る。思ひわびて、ある僧にあひて、財《たから》をうべき事をとふ。智恵《ちゑ》ある僧にてこたふるやう、「なんぢ宝をえんと思はゞ、只《たゞ》まことの心をおこすべし。さらは財《たから》もゆたかに、後世《ごせ》はよき所にむまれなん」といふ。此人「信《まこと》の心とはいかゞ」と問《と》へば、僧のいはく、「まことのこゝろをおこすといふは、他《た》のことにあらず。仏法《ふつほふ》を信《しん》ずるなり」といふに、また問ていはく、「それはいかゞこゝろみ行べきや。たしかにうけたまはりて、心をえて頼みおもひて、二なく信《まこと》をなし、たのみ申さん。うけたまはるべし」といへば、僧のいはく「我心はこれ仏なり。わが心をはなれては仏なしと。しかれば我心のゆへに、仏はいますなり。」といへば、手をすりてなく〳〵おがみて、それよりこのことを心にかけて、よるひるおもひければ、梵釈諸天《ほんしやくしよてん》きたりて、守《まも》り給ひければ、はからざるに宝《たから》出来て、家のうちゆたかになりぬ。命終《をは》るに、いよ〳〵心《しん》仏を念し入て、浄土《しやうと》にすみやかにまいりてけり。この事を聞見る人、たふとみあはれみけるとなん。

第十七　内記《ないき》上人、法師陰陽師《ほうしをんやうし》の紙冠《しくはん》を破《やぶ》る事

むかし内記上人寂心《じやくしん》といふ人ありけり。道心堅固《たうしんけんご》の人なり。「堂《たう》をつくり塔《たう》をたつる。最上《さいじやう》の善根《せんこん》なり」とて、勧進《くはんしん》せられけり。ざいもくをば、はりまの国に行てとられけり。こゝに法師をんやうじ、紙冠《しくはん》《かみかふり》を着《き》て祓《はらへ》するを見つけて、あはてゝ、馬よりおりて、はしりよりて、「なにわざし給ふ御房ぞ」ととへば、「祓し候也」といふ。「なにしに紙《し》冠《くはん》をはしたるぞ」と問《とへ》ば、「祓戸の神達《たち》は法師をば、忌《いみ》給へば、祓するほど、しばらくして侍る也」といふに、上人声をあげて大きになきて、陰陽師《をんやうし》にとりかゝれば、をんやうじこゝろえず仰天《けうてん》して祓をしさして、「これはいかに」といふ。はらへせさする人もあきれてゐたり。上人冠をとりてひきやぶりて、泣《なく》ことかぎりなし。「いかにしりて、御房《ばう》は仏弟子《でし》となりて、祓戸の神たちにくみ給ふといひて、如来《によらい》の忌《いみ》事をやぶりて、しばしも無間地獄《むけんぢごく》の業《ごう》をばつくり給ふぞ。まこと

にかなしき事也。たゞ寂心《ぢやくしん》をころせ」といひて、とりつきてなく事おびたゝし。陰陽師《をんやうし》のいはく、「仰らるゝ事最道理也。世の過《すぎ》がたければ、さりとてはとて、かくのごとく仕る也。しからずは何わざをしてかは、妻子《さいし》をばやしなひ、我《わか》命をもつぎ侍らん。道心《たうしん》なければ上人にもならず、法師のかたちに侍れと俗人《ぞくしん》のごとくなれば、後《ご》世の事いかゞとかなしく侍れど、世のならひにて侍れば、かやうに侍る也」といふ。上人のいふやう、「それはさもあれ。いかゞ三世如来《によらい》の御首《かしら》に冠《けふり》をば着《き》せ給。不幸《ふかう》にたへずして、かやうの事し給はゞ、堂《たう》つくらん料《れう》に勧進《くはんしん》しあつめたる物どもを、なんぢになんたぶ。一人菩提《ほたい》にすゝむれば堂寺造《たうてらつくる》にまさりたる功徳《くとく》なり」といひて、弟子《でし》共をつかはして、材木《さいもく》とらんとて、勧進《くはんじん》しあつめたる物を、みなはこびよせて、此をんやうじにとらせつ。さてわが身は京にのぼり給ひにけり。

第十八　宗行《むねゆき》郎等《らうとう》虎《とら》を射《い》る事

むかし壱岐守《いきのかみ》むねゆきが郎等《らうとう》をはかなきことによりて主のころさんとしければ、小船《こふね》にのりて、にげて、新羅国《しらきのくに》へわたりて、かくれてゐたりけるほどに、新羅のきんかいといふ所の、いみじうのゝしりさはぐ。「何事ぞ」と問《と》へば、「虎《とら》の郷《がう》に入て、人をくらふなり」といふ。此男とふ、「虎はいくつばかりあるぞ」と。「たゞ一つあるが、にわかにいできて、人をくらひて、にげていき〳〵する也」といふを聞て、このおとこのいふやう、「あのとらに合《あひ》て、一矢《や》を射《い》て死《し》なばや。虎かしこくはともにこそはしなめ。たゞむなしうはいかでかくらはれん。この国の人は、兵《つはもの》の道のわろきにこそはあれ」といひけるを、人聞て国の守《かみ》に、「かうくの事をこそ、此日本人申せ」といひければ、「かしこき事かな。よべ」といへば、人きて「めしあり」といへば、まいりぬ。「まことにや、此虎の人くふを、やすく射《い》んとは申すか」とゝはれければ、「しか申候ぬ」とこたふ。守《かみ》「いかでかゝる事を申ぞ」とゝへば、此男の申やう、「此国の人は、我身をばまたくして、敵《てき》を害《かい》せんとおもひたれば、おぼろけにて、かやうのたけき獣《けもの》などには、わが身の損《そん》ぜられぬべければ、まかりあはぬにこそ候めれ。日本の人は、いかにも我身をばなきになしてまかりあへば、よき事も候めり。弓矢《ゆみや》にたづさはらん者、なにしかは、我身を思はん事は候はん」と申しければ、守《かみ》「さて虎をばかならず射《い》ころしてんや」といひければ、「我身のいきいかずはしらず。かならすかれをは射《い》とり侍りなん」と申せば、「いといみじうかしこき事かな。さらばかならずかまへて射《い》よ。いみじきよろこびせん」といへば、おのこ申やう、「さてもいづくに候ぞ。人をばいかやうにてくひ侍るぞ」と申せば、守《かみ》の曰《いは》く、「いかなるおりにかあるらん。こうの中に入きて、人ひとりを、かしらをくらひて、かたにうちかけてさるなり」と。此おとこ申やう、「さてもいかにしてかくひ候」とゝへば、人のいふやう、「とらは先《まつ》人をくはんとては、ねこのねずみをうかゞふやうにひれふして、しばしばかり有て、大口をあきてとびかゝり、かしらをくひて、かたに打かけてはしりさる」といふ。「とてもかくても、さ我一矢《ひとや》射《い》てこそはくらはれ侍らめ。その虎のありどころをしへよ」といへば、「これより西に三十四町のきて、苧《を》の畠《はたけ》有。それになんふすなり。人おぢてあへてそのわたりにゆかず」といふ。「をのれたゞしり侍らすとも、そなたをさしてまからん」といひて、調度《ちうど》をひていぬ。新羅《しらき》の人々、「日本の人ははかなし。虎にくはれなん」と、あつまりてあはれがりけり。かくてこの男は、とらのあり所きゝて行て見れば、まことに畠はる〳〵とおひわたりたり。苧《を》の長《たけ》四尺ばかりなり。其中をわけゆきて見れば、まことにとら附《ふし》たり。とがり矢《や》をはげて、かたひざをたてゝゐたり。虎人の香《か》をかぎて、ついひらがりて猫《ねこ》の鼠《ねすみ》うかゞふやうにてあるを、おのこ矢をはげてをともせでゐたれば、とら大口をあきて、をどりてをのこのうへにかゝるを、男《をのこ》弓《ゆみ》をつよくひきて、うへにかゝるおりに、やかて矢をはなちたれば、おとがひのしたよりうなじに七八寸ばかりと

がり矢を射《い》出しつ。虎さかさまにふしてたふれてあがくを狩股《かりまた》をつがひ、ふたたび腹《はら》をいる。二度ながら土《つち》に射《い》つけて、つゐにころして、矢をもぬかで国府《こくふ》にかへりて、守《かみ》にかう〳〵いころしつるよしいふに、守《かみ》かんじのゝしりて、おほくの人をぐして、とらの許《もと》へ行て見れば、まことに矢三つながら射《い》とをされたり。みるにいといみじ。まことに百千の虎おこりてかゝるとも、日本の人十人ばかり、馬にてをしむかひて射《い》ば、虎なにわざをかせん。此国の人は、一尺ばかりの矢に、きりのやうなる矢尻《しり》をすけて、それに毒《どく》をぬりて射れば、つゐにはその毒のゆへにしぬれども、たちまちに其庭《には》に射ふする事はえせず。日本人は、我命しなんをも露おしまず。大きなる矢にて射れば、その庭《には》にいころしつ。なをつはものゝ道は、日本の人にはあたるべくもあらず。されはいよ〳〵いみじうおそろしくおほゆる国なりとて、おぢけり。さて此をのこをばなをおしみとゞめて、いたはりけれど妻《さい》子をこひて、つくしにかへりて、宗《むね》行がもとにゆきて、そのよしをかたりければ、「日本のおもておこしたるものなり」とて、勘当《かんたう》もゆるしてけり。おほくのものども、禄《ろく》にえたりけるを、宗行にもとらす。おほくの商人《あきんど》ども、新羅《しらき》の人のいふをきゝてかたりければ、つくしにも、この国の人のつはものは、いみじきものにぞしけるとか。

『昔物語治聞集』巻五

巻三、巻四ではほとんどの話が『著聞集』から採録されていたのとは対照的に、巻五、巻六はそのほとんどが『宇治拾遺』から採録されている。第一話には、かつて天台宗の総本山の候補地でもあったほどの寺における、肉親の生まれ変わりの鯰と知りながら食い、食われるむごたらしい破戒僧親子の話が、見開きの挿絵付きで収められる。次いで夜中に強盗が侵入する話、その次に夜中に幽霊が現れる話、更にその次に金峯山の神の示現により己の盗みが露呈し拷問の末死ぬ話が挿絵付きで続き、陰惨であやしい立ち上がりとなっている。

第一話から第二話は、上つ出雲寺という曰くつきの寺と、強盗を法力で呪縛した浄蔵が天台宗にゆかりを持つことで結びつく。夜中の闖入者という点で第三話に連なり、第四話と第五話は盗人の話、第六話と第七話は歌、第八話と第九話は画図、というように、この辺りは明確に二話一類の形式を成しており、第八話と第九話に至っては『著聞集』から二話連続してそのまま持ってきている。

第十一話と第十二話は、武士が獲物を弓で狩る点で連なるが、一方は殺生の最中に起こした帰依の心が発端の霊験譚で、もう一方は見事大きな獲物を仕留めた話となっており、対照的な話が並べられているようにも見える。第十三話と第十四話は両親を亡くしている女の、家にまつわる因縁の話、第十五話と第十六話はそれぞれ、人の秘密を見顕す話と鬼の姿を見てしまう話となっており、続く第十七話と第十八話は、共に己の何かを引き換えにして本願を遂げようとする話であるが、これも、一方が、己の命を引き換えに知人の殺生をとどまらせようとした聖の話、もう一方が、博奕の負け分を、かつてひまに任せて二度もやった清水千日詣の功徳を譲渡することで払おうとした侍の話であり、この辺りは似通うモチーフでつなげられた二話がポジとネガのように対照的である。

第十三話「長門前司女葬送の時本所に帰る事」の最後には、「私曰これ高辻室町の西にまします婆利女の宮の因縁なるべし。彼町には繁昌と事侍るは。いかなる故ならん覚束なし。祭は九月廿日也。むかしは七月廿日におこなひけるとそ」という、現在の繁昌神社にまつわる挿入文がある。近世初期の京都の地誌である『菟芸泥赴』『日次紀事』『雍州府誌』『京羽二重』『京羽二重織留』にも繁昌社についての記述があり、祭日が九月二十日であることも記している（『菟芸泥赴』『日次紀事』『京羽二重織留』）。「婆利女」は婆利采女を指すものと思われるが、地誌では「針才女」と表記され、かつては婆利采女を祀っていたが、今は弁財天を祀っていることを紹介する（『菟芸泥赴』『雍州府誌』『京羽二重織留』）。いずれも「繁昌」という名に至った経緯について紹介したり推測したりしており、第十三話の挿入部分は、こうした近世初期の地誌とまったく同種の関心を強く提示した箇所と言える。

（山下　茜）

目録

第一　出雲《いつも》寺の別当《へたう》の鯰《なまつ》になりたるを。しりながらころしてくらふ事

むかし王城《わうしやう》の所、上《かみ》ついづも寺たてゝより後、年ひさしくなりて、御堂もかたふきて、はか〳〵しう修理《しゆり》する人もなし。此ちかう別当《へたう》侍りき。その名をは上覚《かく》となんいひける。これぞ先《さき》の別当《へたう》の子に侍りける。あひつぎつゝ妻子《さいし》もたる法師ぞ、しり侍ける。いよ〳〵寺はこほれてあれ侍ける。さるは伝教《てんけう》大師の、もろこしにて、天台宗《たいしう》たてん所を、えらひ給けるに、此寺の所をば、絵にかきてつかはしける。「高雄比《たかをひ》叡《えい》山上《かみつ》出雲《いつも》寺と、三つの中に、いづれかよかるへき」とあれは、「此寺の地は、人に勝《すぐ》れてめでたけれど、僧なんらうがはしかるべき」とありければ、それによりてとゞめたる所なり。いとやんことなき所なれど、いかなるにかさなりはてゝ、わろく侍る也。

それに上覚《かく》が夢に見るやう、我ちゝの前別当《さきのへたう》いみじう老て、つえつきていできていふやう、「あさてひつじのときに、大風ふきて、この寺たふれなんとす。しかるに我、この寺のかはらのしたに、三尺はかりのなまづにてなん、行方なく、水もすくなく、せばくくらきところにありて、あさましうくる

しきめをなん見る。寺たふれば、こほれて庭にはひありかば、童部《わらんへ》うちころしてんとす。そのときなんぢが前《まへ》に行《ゆか》むとす。わらんべにうたせずして、賀茂川にはなちてよ。さらばひろきめも見ん。大水にゆきてたのもしくなんあるべき」といふ。夢さめて「かゝる夢をこそ見つれ」とかたれば、「いかなる事にか」といひて日くれぬ。

其日になりて、むまのときの末《すゑ》より、俄《にはか》に空かき曇《くも》りて、木をおり家をやぶる風いてきぬ。人々あはてゝ、家どもつくろひさはげども、風いよ〳〵ふきまさりて、村里《そんり》の家《いへ》どもみな吹たふし野《の》山の竹木《ちくぼく》たをれおれぬ。この寺まことにひつじのときばかりに吹たをされぬ。はしらおれ棟《むね》くづれてすぢなし。さるほどにうら板《いた》の中にとしごろのあま水たまりけるに、大きなる魚《うを》どもおほかり。そのわたりの物ども桶をさけて皆かきいれさはぐ程に、三尺ばかりなるなまづの、ふた〳〵として庭にはひ出たり。夢のことく上覚《しやうかく》が前にきぬるを、上覚おもひもあへず、魚の大きにたのしけなるにふけりて、かなづえの大きなるを持て、かしらにきたて《ママ》ゝ、我太郎童部《わらんへ》をよびて、「これ」といひければ、魚大きにてうちとられねば、草かり鎌《かま》といふ物をもちて、あぎとをかきゝりて、ものにつゝませて家にもていりぬ。さてこと魚などしたためて桶に入て、女供にいたゞかせて、我坊《はう》にかへりたれば、つまの女、「此なまづは、夢に見えける魚にこそあめれ。なにしにころし給へるぞ」と心うがれど、「ことわらんべのころさましもおなしことあへなん、我は」などゝいひて、「こと人ませず太郎次郎童《わらへ》など食たらむをぞ、故《こ》御房はうれしとおぼさん」とて、つぶ〳〵ときり入て、煮《に》て食《くらひ》て、「あやしういかなるにか。ことなまづよりも、味《あぢ》はひのよきは、故御房《こごばう》のしゝむらなればよきなめり。これが汁すゝれ」などあひして食《くひ》けるほどに、大なる骨咽《ほねのと》にたてゝ、「ゑう〳〵」といひけるほどに、とみに出ざりければ、苦《く》痛《つう》して、つゐに死《しに》侍り。妻《つま》はゆゝしがりて、なまづをばくはずなりにけるとなん。

第二　浄蔵《じやうざう》が八坂の坊に強盗《かうたう》入事

天暦《りやく》のころほひ、浄蔵がやさかの坊に、強盗その数入みたれたり。しかるに火をともし、太刀をぬき、目を見はりて、をの〳〵たちすくみて、さらにすることなし。かくて数刻《すこく》を経《ふ》。夜やう〳〵あけんとする時、こゝに浄蔵本尊に啓白《けいひやく》して、「はやくゆるしつかはすべし」と申けり。其ときに盗人《ぬす》とも、いたつらにて逃《にけ》かへりけるとか。

第三　河原院《かはらのゐん》にとをる公の霊《れい》すむ事

河原院は、とをるの左大臣の家なり。みちのくのしほかまのかたをつくりて、うしほをくみよせて、しほをやかせなど、さま〳〵のおかしき事をつくして住給ひける。おとゝうせて後《のち》、宇多院《うたのゐん》にはたてまつりたる也。延喜《ゑんき》の帝《みかと》、たび〳〵行幸《みゆき》ありけり。

また院すませ給ひけるおりに、夜半《よなか》ばかりに、西《にし》の対《たい》のぬりごめをあけて、そよめきて人のまいるやうにおぼされければ、見させ給へば、緋《ひ》のさうぞくうるはしくしたる人の、太刀はき笏《しやく》とりて、二間ばかりのきて、かしこまりてゐたり。「あれはたそ」ととはせ給へば、「こゝのぬしに候翁《おきな》なり」と申す。「とをるのおとゞか」ととはせ給へば、「しかに候」と申す。「さはなんぞ」と仰らるれば、「家なれば住候に、おはしますがかたじけなく、所せく候也。いかゞ仕るべからん」と申せば、「それはいと〳〵ことやうの事也。故《こ》おとゞの子孫《しそん》の、われにとらせたれば住にこそあれ。わがをしとりてゐたらばこそあらめ。礼《れい》もしらず、いかにかくはうらむるぞ」と、たかやかに仰られければ、かいけつやうにうせぬ。そのおりの人々、「なを御門《みかと》は、宇多《うだ》ことにおはしますもの也。たゞの人は、そのおとゞにあひて、さやうにすくよかにはいひてんや」とぞいひける。

第四　金峰山《きんふ》の金《かね》を箔《はく》に打たる事

むかし七条に、箔《はく》うちあり。みだけまうでしけり。まいりてかなくづれをゆいて見れば、まことに金のやうにて有けり。うれしくおもひて、件の金を取て袖につゝみて、家にかへりぬ。おろして見ければ、きら〳〵として、まことの金なりければ、「ふしぎの事也。此金とれば、神なり地しん雨ふりなどして、少もえとらざんなるに、これはさる事もなし。此のちも此金をとりて、世間をすぐべし」と、うれしくて、はかりにかけて見れば、十八両ぞありける。これをはくに打《うつ》に、七八千枚にうちつ、これをまろけて、皆かはん人もがなとおもひて、しばらくもちたるほどに「検非違使《けひゐし》なる人の、東寺の仏つくらんとて、箔《はく》をおほくかはんといふ」と、つぐるもの有けり。悦びてふところにさし入てゆきぬ。「はくやめす」といひければ、「いくらばかりもちたるぞ」ととひければ、「七八千枚ばかり候」といひければ、「もちてまいりたるか」といへば、「候」とてふところより、紙《かみ》につゝみたるをとり出したり。見ればやれず。ひろく色いみじかりければ、ひろげてかぞへんとて見れば、ちいさき文字《もじ》にて、金御岳《かねのみたけ》云々、とこと〱くかゝれたり。心もえで、「此かきつけは、何のれうのかきつけぞ」ととへば、はくうち、「かきつけも候はす。何のれうのかきつけかは候はん」といへば、「現《けん》にあり。これを見よ」とて見するに、はくうち見れば、まことに有。あさましき事かなとおもひて、口もえあかず。検非違使《けひゐし》、「これはたゞことにあらずやうあるべき」とて、友をよびぐして、金をばかどのおさにもたせて、箔《はく》打ぐして大理《たいり》のもとへまいりぬ。くだんの事共をかたり奉れば別当《へたう》おとろきて、「はやく河原に出ゆいて、とへ」といはれければ、検非違使ども、河原にゆいて、よせばしらほりたてゝ、身をはたらかさぬやうにはりつけて、七十度の拷訊《がうじ》をへければ、せなかは、くれなゐのねりひとへを、水にぬらしてきせたるやうに、みさ〱となりて有けるを、かさねて獄《ごく》に入たりけれは、わづかに十日ばかりありてしにけり。はくをは金峰山《きんふせん》にかへして、もとの所にをきけるとかたりつた

へたる。それよりして、人おぢて、いよ〳〵くだんの金とらむとおもふ人なし。あなおそろし。

第五　袴垂《はかまたれ》といふ賊《ぬすひと》保昌《ほうしやう》にあふ事

むかしはかまたれとて、いみじき盗《ぬす》人の大将軍《しやうくん》ありけり。十月ばかりに、きぬの用なりければ、夜すこしまうけんとて、さるへき所〳〵うかゞひありきけるに、夜半《よなか》ばかりに人みなしづまりはてゝ後、月のおぼろなるに、きぬあまたきたりけるぬしの、さしぬきのそば、はさみて、きぬの狩衣《かりきぬ》めきたるきて、たゞひとり笛《ふえ》ふきてゆきもやらずねりゆけば、あはれこれこそ、我にきぬえさせんとて出たる人なめりと思ひて、はしりかゝりて、きぬをはがんとおもふに、あやしくもの、おそろしくおほえければ、そひて二三町ばかりいけども、我に人こそ付たれとおもひたるけしきもなし。いよ〳〵笛をふきていけば、こゝろみんとおもひて、足《あし》をたかくしてはしりよりたるに、笛をふきながら見かへりたるけしき、とりかゝるべくとおぼえざりければ、はしりのきぬ。

かやうにあまたゝび、とさまかうさまにするに、露ばかりもさはぎたるけしきなし。希有《けう》の人かなとおもひて、十余町ばかりぐして行《ゆく》。さりとてあらんやはと思て、かたなをぬきてはしりかゝりたる時に、そのたび笛をふきやみて、たちかへりて、「こは何者ぞ」ととふに、心もうせて、我にもあらでつゐゝられぬ。また「いかなるものぞ」ととへば、今はにげともよもにがさじと覚えければ、「ひはぎにさふらふ」といへば、「何ものぞ」ととへば、「あざなはかまたれとなんいはれさふらふ」とこたふれば、「さいふものありときくぞ。

あやうげに希有《けう》のやつかな」といひて、「ともにまうでこ」とばかりいひかけて、又おなし様《やう》に笛ふきてゆく。この人のけしき、いまはにぐとも、よもにがさじとおぼえければ、鬼《おに》に神《きも》とられたるやうにて、ともにゆくほどに、家に行つきぬ。いづこぞとおもへば、摂津《つの》前司《ぜんし》保昌《ほうしやう》といふ人なりけり。家のうちによび入て、綿《わた》あつき衣一つを給はりて、「きぬの用あらんときは、まいりて申せ。こゝろもしらざらむ人にとりかゝりて、なんぢあやまちすな」とありしこそ、あさましくむくつけくおそろしかりしが、いみじかりし人のありさまなり。とらへられて後かたりける。

第六　唐《たう》人聴法《ちやうほふ》の場《には》にて秀句《しうく》の事

ある所に仏事しけるに、唐人二人きたりてちやうもんしけるに、磬《けい》に八葉《えふ》の蓮《はちす》を中にて、孔雀《くしやく》の左右《さう》に立たるを紋《もん》に鋳《ゐ》つけたりけるを見て、一人の唐人「捨身惜花思《しやしんしやくくはし》」といひけるを、いま一人聞てうちうなづきて「打不立在鳥《てうふりうさいてう》」といひけり。きく人其心をしらず。ある人の中に、あんじつらねければ、連《れん》哥にて侍けり。

　身をすてゝ花を惜《おし》とや思ふらん
　うてどもたゝぬ鳥もありけり

かくおもひえてけり。いみじく思ひつらねける。

第七　帝《みかと》の御哥に定家卿合点《かつてん》の事

土御門院《つちみかとのゐん》はじめて百首をよませおはしまして、宮内《くない》卿家隆朝臣のもとへ見せにつかはされたりけるが、あまりにめでたく、ふしぎにおほえければ御製《ごせい》のよしをばいはで、なにとなき人の詠《なかめ》のやうにもてなして、定家朝臣のもとへ、点をこひにやりたりければ、合点して褒美《ほうひ》の言葉などかき付侍るとて懐旧《くはいきう》の御哥を見侍に

　秋の色ををくりむかへて雲の上になれにし月もものわすれすな

此御哥にはじめて御製《せい》のよしをしりて、おどろきおそれて、さま〲の述懐《しゆつくはい》のこと葉ともかきつけてよみ侍る

あかざりし月もさこそは思ふらめふかきなみたも忘られぬ世に

まことにかの御製は、をよばぬもの丶目にも、たぐひすくなくめでたくこそおほえ侍れ。管弦《くはんげん》のよくしみぬるときは、こ丶ろなき草木《さうもく》のなひける色までも、かれにしたがひて見え侍るやうに、何事も世にすぐれたる事には、見しり聞しらぬ道のことも、耳《み丶》にたち心にそむはならひ也。

第八　絵にかきたる馬田をあらす事

仁和寺《にんわし》の御室《むろ》といふは、寛平法皇《くはんへいほふわう》の御在所《さいしよ》なり。其御所に、金岡《かなをか》筆をふるひ絵かける中に、ことにすぐれたる馬形《むまかた》なん侍るなる。その馬夜な〲はなれて、近辺《きんへん》の田をかけりてそこなひけり。何もの丶するわざと、しれる者なくて過侍りけるほどに、くだんの馬のあしにつちつきて、ぬれ〲とある事たび〲にをよびけるとき、人々あやしみて、「此むまのしわざにや」とて、壁《かべ》にかきたる馬の目を、ほりくじりてけり。それより目なくなりて、田をくらふ事とゞまりにけり。

第九　性空《しやうくう》上人の形《かたち》を絵に写《うつ》す時地震《ちしん》の事

花山《くはさん》の法皇、書写《しよしや》の上人の徳《とく》をたうとひ給ふあまり、絵師をめしぐして、彼《かの》やまにのほらせ給ひて、御対面《たいめん》の間に、絵師といふ事をばかくして、上人の形《かたち》をよく見せて、か丶せ

たまひけり。そのとき山ひゞき地うこきければ、法皇おどろきおほしめしけるを、其御こゝろをしりて、「これは性空がかたちをうつし給ふ故に、なゐのふり候也」と申されければ、いよ〳〵信心おこさせ給ひけり。扨ひじりの御顔《かほ》にいさゝか瘤《あざ》のおはしけるを、絵師見落してかゝざりけるを、なゐのふりける時に、筆をおとしかけたりけるが、そこにしも筆おちて墨つきたりけるが、あざにたかはずなん侍りければ、みな人不思儀《ふしき》の事になん思へりける。くだんの影《ゑい》、今にかのやまの宝蔵《ほうさう》にありとなん。

第十　やまぶし舟いのりかへす事

むかしゐちぜんのくにかぶらきのわたりといふ所にわたりせんとて、ものともあつまりたるに、やまぶしあり。けいたう房といふ僧なりけり。くま野みだけはいふにをよばず、しらやまはうきの大山《せん》、出雲《いつも》のわにぶち、おほかた修《しゅ》行し残したるところなかりけり。

それに此かぶらきの渡《わたり》にゆきて、わたらんとするに、わたりせんとするもの雲霞《うんか》のごとし。をの〳〵物をとりてわたす。このけいたう房「わたせ」といふに、渡し守《もり》きゝもいれでこき出《い》つ。そのときに此やま伏《ふし》、「いかにかくは無下《むけ》にはあるぞ」といへども、おほかた耳にもきゝいれずしてこき出す。そのときにけいたう房はをくひあはせて、念珠《ねんしゅ》をもみちぎる。このわたし守見かへりて、をこの事とおもひたるけしきにて、三四町ばかりゆくを、けいたう房見やりて、あしをすなごに、はぎの半《なか》らばかりふみ入て、目もあかくにらみな

して、ずゝをくだけぬともみちぎりて、「めしかへせ〳〵」とさけぶ。なを行すぐるときに、けいたう房袈裟《けさ》と念珠とをとりあはせて、みぎはちかく歩《あゆみ》よりて、「護法《ごほふ》めしかへせ。めしかへさずは、ながく三宝《ほう》にわかれたてまつらん」とさけびて、此けさを海になげいれんとす。それを見て、このつどひゐたるものども色をうしなひてたてり。かくいふほどに、風もふかぬに、このゆくふねのこなたへよりく。それを見てけいたう房、「よりめるは〳〵。はやういておはせ〳〵」と、すなはちをして見るもの色をたがへたり。かくいふ程に、一町がうちによりきたり。そのときけいたう房、「さていまはうちかへせ〳〵」とさけぶ。其時につどひて見るものども、一声に「むさうの申やうかな。ゆゝしき罪《つみ》にも候。さておはしませ〳〵」といふとき、けいたう房今すこしけしきかはりて、「はやうちかへし給へ」とさけぶときに、此わたしぶねに、二十余人のりたる者、づぶりとなげかへしぬ。そのときけいたう房あせをしのごひて、「あないたのやつばらや。まだしらぬか」といひてたちかへりにけり。世の末なれども三宝《ほう》おはしましけりとなん。

第十一　多田《たゞ》の満仲《まんぢう》の郎等《らうとう》発心《ほつしん》の事

むかしたゞのまんぢうのもとに、たけくあらき郎等ありけり。ものゝ命をころすをもて業《わざ》とす。野に出山に入て、鹿《しか》をかり鳥をとりて、いささかのぜんごんする事なし。

あるときいでゝ狩《かり》するあひだ、馬を馳《はせ》て鹿をふ。矢《や》をはげ弓をひきて鹿《しか》にしたがひて、はしらせてゆく道に寺ありけり。其前をすぐるほどに、きと見やりたれば、内に地蔵たちたまへり。左の手を持て弓をとり、右の手して笠をぬぎて、いさゝか帰依《きゑ》のこゝろをいたしてはせ過にけり。

そのゝちいくばくのとしを経《へ》ずして、病づきて、日ころよくくるしひわづらひていのちたえぬ。めいどに行むかひて、炎魔《えんま》のちやうにめされぬ。見ればおほくの罪人《さい》、つみの軽重《きやうちう》にしたがひて、うちせため罪《つみ》せらるゝ事いといみじ。我一生の罪業《さいこう》をおもひつゞくるに、なみたおちてせんかたなし。

かゝる程に一人の僧いできたりてのたまはく、「なんじをたすけんとおもふ也。はやく古郷にかへりて、つみをさんげすべし」とのたまふ。僧にとひ奉りていはく、「これはたれの人のかくはおほせらるゝぞ」と。僧こたへ給はく、「われはなんぢ、しかを追《をふ》て寺のまへを過しに、堂《たう》の中にありて、なんぢに見えしぢざうほさつなり。なんぢざいこう甚重《しんちう》なりといへとも、いさゝか我に帰依《きゑ》のこゝろをおこしゝ業《こう》によりて、我いまなんぢをたすけむとするなり」と、のたまふとおもひて、よみがへりてのちは、殺生《せつしやう》をながくたちて、じざうぼさつにつかふまつりけり。

第十二　水無瀬《みなせ》どのゝむさゝびの事

ことばのゐんの御時、みなせどのに、よる〳〵山より、からかさほどの物ひかりて、御堂《たう》へとび入事侍りけり。にしおもて、きたおもての者共、めん〳〵にこれを見あらはして、高名《かうみやう》せんと、こゝろにかけて用心《ようしん》し侍りけれども、むなしくてのみすぎけるに、ある夜景《よかけ》がた、たゞひとり、なかじまにねて侍りけるに、例《れい》のひかり物、山より池のうへをとび行けるに、おきんも心もとなくて、あふのきにねながら、よつひいて射《い》たりければ、手ごたへして池へおち入ものありけり。そのゝち人々につげて、火をともして、めん〳〵見ければ、ゆゝしく大きなるむささびの、としふり毛《け》などもはげ、しぶとげなるにてそ侍りける。

第十三　長門前司《なかとのせんし》女《のむすめ》葬送《さうそう》の時本所《ほんしよ》に帰《かへ》る事

むかし長門前司《なかとのせんし》といひける人のむすめ、二人ありけるが、姉《あね》は人のつまにてありける妹《いもと》はいとわかくてみやづかひぞしけるが、後には家にゐたりけり。わざとありつきたるおとことなくて、たゞ時々かよふ人などそありける。たか辻室まちわたりにぞ家はありける。父はゝもなくなりて、おくのかたにはあねぞゐたりける。みなみおもてのにしのかたなる、つまど口にぞ、つね〳〵人にあひものなどいふところなりける。

二十七八ばかりなりけるとし、いみじくわづらひてうせにけり。おくはところせしとて、其つまどくちにぞやがてふしたりける。さてあるべきことならねば、あねなどしたて、、とりべ野へいていぬ。さてれいのさほふに、とかくせんとて、くるまよりとりおろすに、ひつきかろ〳〵として、ふたいさゝかあきたり。あやしくて、あけて見るに、いかにも〳〵露物なかりけり。「道などにておちなどすべき事にもあらぬに、いかなる事にか」とこゝろえずあさまし。すべきかたもなくて、「さりとてあらんやは」とて、人々はしりかへりて、「道にをのづからや」と見れども、あるべきならねば家へかへりぬ。もしやとみれば、このつまとぐちに、もとのやうにてうちふしたり。いとあさましくもおそろしくて、したしき人々あつまりて、「いかゞすへき」といひあはせさはぐほどに、夜もいたくふけぬれば、「いかゞせん」とて、夜明て又棺《ひつき》に入て、このたびはよくまことにしたゝめて、よさりいかにもなどおもひてあるほどに、夕つかた見るほとに、この棺《ひつき》のふたほそめにあきたりけり。いみじくおそろしく、すぢなけれど、したしき人々、「ちかくてよく見ん」とて、よりて見れば、ひつきよりいで、、またつま戸口にふしたり。

「いとゞあさましきわざかな」とて、又かきいれんとて、よろづにすれど、さらにゆるがす。つちよりおひたる、大木などをひきゆるがさんやうなれは、すべきかたなくて、たゞこゝにあらむとてかとおもひて、おとなしき人よりていふやう、「たゞこゝにあらんとおぼすか。さらばやがてこゝにもをき奉らむ。かくてはいとみぐるしかりなん」とて、つまどぐちのいたじきをこぼちて、そこにおろさんとしければ、いとかろらかにおろされたれば、すべなくて其妻戸《つまと》くち一間を、いたじきなどとりのけこぼちて、そこにうづみて、たか〴〵と塚《つか》にてあり。家の人々も、さてあひ給ひてあらん、ものむつかしくおほえて、みなほかへわたりにけり。

さてとし月へにければ、しんでんもみなこぼれうせにけり。いかなる事にか、この塚《つか》のかたはらちかくは、下種《げす》などもえゐつかず。むつかしき事ありといひつたへて、おほかた人もえゐつかねば、そこはたゞ、其塚ひとつぞある。たかつじよりは北。むろまちよりは西。たかつじおもてに六七けんかほどは、小家もなくて、そのつかひとつぞたか〴〵として有ける。いかにしたる事にか、塚のうへに神のやしろをぞひとついはひすへてあなる。この比も今にありとなん。

私曰これ高辻室町の西にまします婆利女《はんしよ》の宮の因縁なるべし。彼《かの》町には繁昌《はんじやう》と事侍るは、いかなる故ならん覚束なし。祭は九月廿日也。むかしは七月廿日におこなひけるとそ。

第十四　易《ゑき》のうらなひして金とり出す事

むかし旅《だひ》〔ママ〕人のやどもとめけるに、大きやかなる家の、あばれたる有けるによりて、「こゝにやどし給ひてんや」といへば、女声にて、「よき事やどりたまへ」といへば、みなおりゐにけり。屋《いへ》大きなれ共、人のありげもなし。たゞ女一人ぞあるけはひしける。

かくて夜明にければ、物くひしたゝめて出てゆくを、この家にあるをんないできて、「えいでおはせじ。とゞまり給へ」といふ。「こはいかに」と、とへば、「をのれが金千両、をひ給へり。そのわきまへしてこそ出給はめ」といへば、このたび人、従者《じゆうざ》どもわらひて、「あらしやさんなめり」といへば、この旅人「しばし」といひて、またおりゐて、かはごをこひよせて、幕《まく》ひきめぐらして、しばしばかりありて、この女をよびければ出きにけり。たび人とふやうは、「このおやは、もし易《ゑき》のうらなひといふことやせられし」ととへば、「いさゝや侍りけん。そのし給ふやうなる事はし給ひき」といへば、「さるなる」といひて、「さてもなに事にて千両金をひたる。其弁《わきま》へせよとはいふぞ」ととへば、「をのれがおやのうせ侍りしおりに、世中にあるべき程の物など、えさせをきて申しゝやう、「いまなん十年ありて、其月に、こゝにたび人来てやどらんとす。その人は我《わか》金を千両をひたる人なり。それに其金をこひて、たへがたからむおりは、うりてすぎよ」と申しかば、いまゝでは、おやのえさせて侍し物を、すこしづゝもうりつかひて、ことしとなりては、うるべき物も侍らぬまゝに、いつしか我おやのいひし月日の、とくこかしと待侍りつるに、けふにあたりておはしてやどり給へれば、金をひ給へる人なりと、おもひて申なり」といへば、「金の事はまこと也。さる事あるらん」とて、女をかたすみにひきてゆきて、人にもしらせで、はしらをたゝかすれば、うつほなる声のする所を、「くはこれが中に、のたまふ金はあるぞ。あけてすこしづゝとり出て、つかひ給へ」とをしへて出ていにけり。

この女のおやの、ゑきのうらなひの上手にて、此をんなのありさまをかんがへけるに、いま十年ありて、貧《まつ》しくならんとす。その月日、ゑきのうらなひするおとこきて、やどらんするとかんがへて、かゝる金あるとつげては、まだしきにとりいでゝ、つかひうしなひては、まづしくならむほどに、つかう物なくて、まどひなんとおもひて、しかいひをしへ死《しに》ける後にも、この家をもうりうしなはずして、けふをまちつけて、この人をかくせめければ、これも易《ゑき》のうらなひするものにて、こゝろをえてうらなひいだして、をしへをきいでゝいにける也けり。ゑきの占かたは、ゆくすゑをたなこゝろのやうにさしてしることにてありける也。

第十五　五穀《こく》を断《たつ》ひじり偽《いつは》りあらはるゝ事

むかしひさしくおこなふ上人ありけり。五こくをたちてとしごろになりぬ。帝《みかど》きこし召《めし》て神泉《しんせん》にあがめすへて、ことに貴《たつと》み給ふ。木の葉をのみ食ける。

ものわらひする若《わか》きんだちあつまりて、このひじりのこゝろみんとて、行むかひて見るに、いとたふとげに見ゆれば、「穀断《こくたん》いくとせになり給ふ」ととはれければ、「若《わか》きよりたち侍れば、五十余《よ》年にまかりなりぬ」といふを聞て、一人の殿《てん》上《しやう》人のいはく、「穀断の屎《くそ》は、いかやうにかあるらん。例《れい》の人にはかはりたるらむ。いて行て見む」といへば、二三人つれて行て見れば、穀屎《こくふん》をおほく痢《くたし》をきたり。あやしと思ひて、上人の出たるひまに、ゐたるしたを見むといひて、たゝみのしたをひきあけて見れば、土をすこしほりて、布ぶくろに米を入てをきたり。公達《きんたち》みて手をたゝきて「穀糞《こくふん》聖〳〵」とよはゝりてのゝしりわらひければ、にげさりにけり。その後はゆきかたもしらず。ながくうせにけりとなん。

第十六　一条の桟敷屋《さしきや》鬼の事

むかし一条の桟敷屋に、ある男とまりて、けいせいとふしたりけるに、夜半《よなか》ばかりに、風ふき雨ふりて、すさまじかりけるに、大路《ち》に「諸行無常《しよきやうむじやう》」と詠《ゑい》してすぐるものあり。なに者ならんとおもひて、しとみをすこしをしあけて見ければ、長《たけ》は軒《のき》とひとしくて、馬のかしらなる鬼なりけり。おそろしさに、しとみをかけておくのかたへ入たれば、この鬼かうしを、をしあけて、かほをさし入て、「よく御覧じつるな〳〵」と申しければ、たちをぬきて、いらばきらんとかまへて、女をば、そばにをきてまちけるに、「よく〳〵御らんぜよ」といひていにけり。百鬼《き》夜行にてあるやらんと、おそろしかりける。それより一条の桟敷には、またもとまらざりけるとなん。

第十七　竜門《れうもん》の聖鹿《ひじりしか》の命にかはらんとする事

むかしやまとの国に、竜門といふところに、ひじりありけり。すみける所を名にて、竜門の聖とそいひける。そのひじりのしたしくしりたりける里の人あけくれしゝをころしけるに、ともしといふことをしけるころ、いみじうくらかりける夜、照射《ともし》に出にけり。

鹿をもとめありくほとに、目をあはせたりければ、しゝありけりとて、をしまはし〳〵するに、たしかに目をあはせたり。矢ごろにまはしよりて、火串《ほくし》にひきかけて、矢をはげて射《い》んとて、弓ふりたて見るに、この鹿の目のあひの、例のしかの目のあはひよりもちかくて、目の色もかはりたりければ、あやしとおもひて、弓をひきさしてよく見けるに、なをあやしかりければ、矢を、はづして火をとりて見るに、鹿の目にはあらぬなりけりと見て、おきばおきよとおもひて、ちかくまはしよせて見れば、身は一ぢやうの革《かは》にてあり。なを鹿なりとてまたいんとするに、なを目のあらざりければ、たゞうちにうちよせて見るに、法師のかしらに見なしつ。こはいかにとみておりはしりて、火うち吹て、しづかに見れば、このひじりの目うちたゝきて、しゝのかはをひきかづきて、そひふしたまへり。「こはいかに。かくてはおはしますぞ」といへば、ほろほろとなきて、「わぬしがせいする事をきかず、いたくこの鹿をころす。我鹿にかはりて殺《ころ》されなば、さりともすこしはとゞまりなんとおもへば、かくていられんとしておる也。口おしういざりつ」とのたまふに、このおとこふしまろびなきて、「かくまでおぼしけることを、あながちにし侍りける事」とて、そこにてかたなをぬきて、弓うちきり、やなぐひみなおりくだきて、もとゞりきりて、やがてひじりにぐして、法師になりて、ひじりのおはしけるかぎり、ひじりにつかはれて、聖うせ給ひければ、又そこにぞおこなひてゐたりけるとなん。

第十八　清水寺に二千度参詣《さんけい》の者《もの》双六にうちいる丶事

むかし、人のもとに宮つかへしてあるなる侍《さふらひ》有けり。することのなきまゝに、清水へ人まねして千度詣《まふで》を二度したりけり。その丶ちいくばくもなくして、しうのもとにありける、おなじやうなる侍と、すごろくをうちけるが、おほくまけて、わたすべきものなかりけるに、いたくせめければ、思ひわびて、「我もちたる物なし。たゞいまたくはへたる物とては、清水に二千度まいりたる事のみなんある。それをわたさん」といひければ、かたはらにてきく人は、はかるなりと、おこに思ひて、わらひけるを、この勝《かち》たるさふらひ、「いとよきことなり。わたさばえん」といひて、「いでやかくてはうけとらじ。三日して此よし申て、をのれわたすよしの、文かきてわたさばこそうけとらめ」といひければ、「よき事なり」と契《ちぎ》りて、その日より精進《しやうしん》して、三日といひける日、「さはいさ清水へ」といひければ、この負《まけ》さふらひ、此しれ者にあひたるとおかしくおもひて、よろこびてつれて参りにけり。いふまゝに文かきて、御前にて師の僧よびて、ことのよし申。さて「二千度まいりつる事、それがしに双六にうち入つ」とかきて、とらせければ、うけとりつゝ、悦《よろこ》びてふしおがみまかりいでにけり。

その丶ちいくほどなくして、此まけ侍《さふらひ》おもひかけぬ事にて、とらへられて、ひとやに居にけり。とりたる侍は、思かけぬたよりある妻《つま》まうけて、いとよく徳つきて、つかさなどになりて、たのしくてそ有ける。「目に見えぬものなれど信《まこと》の心をいたしてうけとりければ、仏あはれとおほしめしたりけるなんめり」とぞ、人はいひける。

『昔物語治聞集』　巻六

巻六は巻五と同様に、そのほとんどを『宇治拾遺』から採録している巻となっているが、巻五と明確に異なっているのは、採録された話の方向性である。巻六には鬼や幽霊、強盗に遭う話は出てこない。悪行の報いを受ける話も出てこない。この巻に居並ぶのは、提婆菩薩、安倍晴明、行尊といった偉人傑人たちの、偉人傑人たる所以を見せるエピソードである。

巻六の第一話と最後尾にあたる第十四話はともに、愚直とも言えるほどに神仏を慕った結果、ついにその尊顔を拝するに至る話となっており、その二話に挟まれる形で偉人たちの話が並ぶ。第二話は提婆菩薩が竜樹菩薩の許を訪ね、投げかけられた問いに対し、深い智恵でもって応え弟子として迎え入れられる話であるが、続く第三話は播磨の法師が安倍晴明の許を訪ね、弟子入りを装って晴明の力を試そうとするも、鮮やかに返り討ちされる話となっており、弟子入りに際しての力の読み合いを軸に、徳の高い話とおかしみを含む話がつなげられている。第十話と第十一話は採録元の『宇治拾遺』でも隣接しており、第十二話と第十三話もまた、『著聞集』で隣接している二話である。

第四話は天台宗の高僧行尊の話であるが、『著聞集』では実相坊大阿闍梨に従い「三部の大法、諸尊別行護摩秘法をうけ、秘密灌頂を伝給へり」となっている箇所が、こちらではただ「法をつたへ給へり」とのみとなっており、簡略化されている。また、第八話は本書の目録では「慈恵僧正煎豆はさみ給ふ事」という題となっているが、古活字本の系統である宮内庁書陵部本宇治拾遺物語では「慈恵僧正戒壇つきたる事」となっている。万治二（一六五九）年版の刊本では「慈恵僧正戒壇くづれたる事」ともなっているが、いずれにせよ、『宇治拾遺』では興味の的が慈恵僧正と戒壇の関わりであったものが、本書では慈恵僧正の人並外れた特技の方へ興味が移っている。

本書で登場話数が最も多いのが安倍晴明である。晴明に次いで藤原家隆も登場話数が多いが、本書に採録されていない話が『著聞集』の方にいくつもある家隆に対し、晴明はこの巻六にある二話をもって、『宇治拾遺』と『著聞集』にある晴明話が全て出尽くすことになり、晴明に対し特別な関心を寄せていることがうかがえる。近世において、晴明を扱ったものでよく人口に膾炙したとされるのが享保十九（一七三四）年初演の『芦屋道満大内鑑』であるが、『治聞集』が刊行される前である延宝二（一六七四）年にはすでに『しのたづまつりぎつね付あべノ清明出生』という古浄瑠璃が存在し、更に遡って寛文二（一六六二）年には『安倍晴明物語』という刊本が刊行されており、その中には『宇治拾遺』から採った説話を載せている箇所がある。本書の晴明に対する関心は、近世初期の晴明への関心を反映させたものとも考えられる。

（山下　茜）

目録

第一　しきぶのたゆふさねしげ賀茂《かも》の御正体《みしやうたい》拝見の事

むかし式部大輔実重は、賀茂を信《しん》じてまいる事、ならびなきものなり。前生《せんしやう》の運《うん》おろそかにして、身にすぎたる利生《りしやう》にもあづからず。此ことをふかくなげきける。ある人の夢に、大明神のたまふやう、「またさねしげきたりたるは」とて、なげかせおはしますよし見けり。

実重御本地《ほんち》を見たてまつるべきよしいのり申すに、ある夜、下《しも》の御社《みやしろ》につやしたる夜、上《かみ》へまいる間、梠《なから》の木のほとりにて、行幸《みゆき》にあひたてまつる。百官供奉《くはんぐふ》つねのごとし。さねしげ、かたやぶにかくれゐて見れば、鳳輦《ほうれん》の中に、金泥《こんてい》の経《きやう》一巻おはしましたり。その外題に一《ヒトタヒ》‐称《せう》《トナフレハ》㆓南《な》無《む》仏《ふつ》㆒皆《かい》《ミナ》已《い》《ステニ》成《しやう》《ナル》㆓仏‐道《たう》㆒とかゝれたり。ゆめすなはちさめぬとそ。

第二　提婆《たいは》ぼさつ、竜樹《りうしゆ》ほさつの許《もと》に参給ふ事

むかし西天竺《さい》に、りうじゆ菩薩と申す上人ましします。智恵甚深《ちゑしんく》なり。又中てんぢくに、提婆ほさつと申す上人、竜樹のちゑふかきよしを聞給ひて、西天竺に行むかひて、門外《もんくはい》に立て、案内《あんない》を申さんとし給ふところに、御弟子外より来り給ひて、「いかなる人にてましますぞ」ととふ。だいばほさつこたへ給ふやう、「大師の智恵ふかくましますよしうけ給りて、嶮難《けんなん》をしのぎて、中てんちくよりはる〳〵まいりたり。」此よし申べきよしのたまふ。御弟子《でし》りうじゆに申ければ、小箱《はこ》に水を入て出さる。だいば心得《こゝろえ》たまひて、衣のえりより、針《はり》を一つ取り出して、この水に入てかへしたてまつる。これを見て、りうじゆ大きにおどろきて、「はやくいれたてまつれ」とて、房《はう》中をはらひきよめて、いれたてまつり給ふ。

御弟子《でし》あやしみおもふやう、「水を与《あた》へ給ふ事は、遠国《をんこく》よりはる〳〵ときたりたまへはつかれ給ふらむ、咽《のと》うるほさんためとこゝろえたれば、この人針を入てかへし給ふに、大師

おどろき給ひて、うやまひ給ふこと、こゝろえざる事かな」とおもひて、後に大師にとひ申ければ、こたへたまふやう、「水をあたへつるは、「我《わか》智恵は、小箱のうちの水のごとし。しかるになんぢ、万里をしのぎて、来るちゑをうかへよ」とて、水をあたへつる也。上人そらに御心をしりて、針を水に入てかへすことは、「我針、ばかりのちゑをもつて、なんぢが大海の底《そこ》をきはめん」と也。なんぢら年来随逐《ずいちく》すれども、此心をしらずしてこれをとふ。上人ははじめてきたれども、わがこゝろをしる。これちゑのあるとなきと也」と云々。

すなはち瓶《カメ》水《ひようずい》をうつすごとく、法文をならひつたへ給ひて、中天竺にかへり給ひけるとなん。

第三　清明《せいめい》をこゝろみる僧の事

むかし清明がつちみかとの家に、老しらみたる老僧きたりぬ。十歳ばかりなる童部《わらんへ》二人ぐしたり。清明「なにその人にておはするぞ」ととへば、「はりまの国の者にて候。陰陽《をんやう》師《し》をならはんこゝろざしにて候。此道にことに勝《すく》れておはしますよしを、うけたまはりて、少《せう》〳〵ならひまいらせんとて、まいりたるなり」といへば、清明がおもふやう、この法師はかしこき物にこそあるめれ。我をこゝろみんとてきたる者なり。それにわろく見えてはわろかるべし。此法師すこしひきまざくらんとおもひて、ともなる童《わらは》、しき神をつかひてきたるなめりかし、しき神ならばめしかくせと、心の中に念して、袖の内にて印《ゐん》をむすびて、ひそかに呪《しゆ》をとなふ。さて法師にいふやう、「とくかへり給ひね。のちによき日して、な

らはんとのたまはん事どもは、をしへたてまつらん」といへば、法師「あらたふと」ゝいひて、手をすりて額《ひたい》にあて、立はしりぬ。

今はいぬらんとおもふに、法師とまりて、さるべき所〳〵、くるまやどりなどのぞきありきて、また前によりきていふやう、「このともに候ひつる童《わらは》の、二人なから失《うせ》て候。それ給て帰らむ」といへば、清明、「御坊は稀有《けう》の事いふ御房かな。せいめいはなにのゆへに、人のともならむ者をばとらんずるぞ」といへり。法師のいふやう、「更《さら》にあが君、おほきなることはり候。さりながらたゞゆるしたまはらん」とわびければ、「よし〳〵御坊の人のこゝろみんとて、しき神つかひてくると、うらやましきを、ことにおほえつるが、こと人をこそ、さやうにはこゝろみたまはめ。せいめいをばいかでさる事したまふべき」といひて、物よむやうにして、しばしはかり有ければ、外《と》のかたより、童《わらは》二人ながらはしり入て、法師の前に出来ければ、そのおり法師の申やう、「実《まこと》にこゝろみ申つる也。仕事はやすく候。人のつかひたるを、かくすことはさらにかなふべからす候。今よりはひとへに御弟子《でし》になりて候はん」といひて、ふところより名簿《めいはく》ひき出てとらせけり。

第四　僧正行尊の事

むかし平等院《ひやうとうゐん》の僧正行尊は、小一条院の御孫《まこ》侍従《しゝう》宰相《さいしやう》の子なり。母の夢に、中堂《たう》に参りたりけるに、三尺の薬師如《やくしによ》来《らい》をいたゞき奉ると見て、いくほどを経《へ》ずして懐妊《くはいにん》ありけり。すべからく台嶺《たいれい》法師にてあるべかりけれ共、流《なかれ》にひかれて、寺法師になり給ひにけり。実相房《しつさうはう》大阿闍梨《あさり》にしたがひ、法をつたへ給へり。

出家の後住寺《ちうじ》の間、一夜も住坊《はう》にとゞまらず、金堂《こんたう》みろくを礼拝《らいはい》して、四五更《かう》を送りけり。十二年の六月廿日より、不動供養法《ふとうくやうほふ》を勤修《こんしゆ》せられけり。十七にて修行に出て、十八年に帰洛《きらく》す。そのあひたに、大峰《みね》辺地《へんち》かづらき、そのほか霊験《れいけん》の名地《めいち》ごとに、あゆみを運《はこ》ばすといふところなし。かくて身命《しんみやう》をすてゝ、五十余有《う》にをよぶ。その行退転《たいてん》する事なし。其間に護摩《ごま》を修する事、小壇《たん》支《し》度《たく》物等《とう》相ぐして、敢《あへて》断絶《たんせつ》する事なし。その日数をかぞふれば、前後《ぜんご》八千余《よ》日なり。又毎日《まいにち》数万返《すまんへん》の礼拝《らいはい》ありけり。本寺の住房《ちうはう》にして、はじめて不動護摩《ふとうごま》を修《しゆ》せられける時、夢中《むちう》に、不動尊《そん》仕者形《ししやきやう》をあらはして見え給けり。たけ三四尺ばかりなる童子《とうし》の青衣《せいゑ》のうへに、むらさきなる袍《をぞ》きたまひたりける。左の手に剣《けん》ならびに索《さく》《ナハ》をもち、右の手に剣印《けんゐん》をなす。壇《たん》上よりあゆみ来て、乳上《にう》にあたりて、種々《しゆ》の事をしめし給ふ中に、「約束のごとく、護摩《ごま》二千日勤行《ごんきやう》せらるべきなり」とのたまはせければ、僧正承諾《せうだく》せられにけり。

其後大峰《みね》の神仙《しんせん》に、五七日宿《しゆく》したる事ありけり。これ希《まれ》なる事也。同行一人も従《したが》はすたゞひとり庵室《あんしつ》にゐて、経をよみ、呪《しゆ》をみてゝ日を送り給ひけるに、陰雲《ゐんうん》たなびき、雨瀉《うつ》すがごとく、庵室の中河流のごとくして、身をいるべき所なし。わづかに岩の上に蹲居《そんこ》して存命《そんめい》殆《ほとんど》あぶなかりけり。高声《かうしやう》に経を読《よみ》奉る。我不愛身命但求無上道《がふあいしんみやうたんぐむじやうたう》の義也。夜更《ふけ》て、夢ともなくうつゝともなく、容貌美麗《ようはうびれい》なる総角《あけまき》の幼童《ようとう》、左右《さう》にをの〳〵一人、僧正の足をさゝげたり。おどろきて幼童をもとむるに、はじめて夢と知て、感涙《かんるい》おさへがたし。いよ〳〵本尊を念じて、ねふればまたさきのごとく童子《とうし》見えけり。ふしぎの事なりかし。

麗景殿《れいけいてん》の女御《にようご》、僧正を御猶子《ゆうし》にして、憐愍《れんみん》のこゝろざし実子にすぎたり。僧正修行に出られて、おほみねにおこなはるゝ間、女御日来《ひころ》病におかされて、存命《そんめい》たのみなくなり給ひける時、僧信禅《しんせん》、をつかひとして、いま一度見奉らんがために、いそぎ帰洛《きらく》したまふべきよし申されけり。草庵《さうあん》のうちにたゞひとり、経をよみてかげのごとくにおとろへて、其

人とも見えず。なみだにおぼれて、しばしはものもいはれざりき。や、有て彼《かの》おほせのむね申けれは、僧正のたまひけるは、「我行《きやう》をくはたて、、世中を思ひ捨《すて》てより、三宝《ほう》の加護《かご》をたのみ奉れば、諸《もろ〳〵》の怖畏《ふい》なし。女御の御悩《なふ》も、をのづからのぞきたまはんか」とて、柑子《かうし》一裹《くは》を加持《かち》して参らせられけり。信禅かへり参りて、そのよし申されて、件《くたん》のかうじを奉りければ、すなはち服《ふく》せしめ給ひて、御悩へいゆし給ひてけり。

大みねに入られける日、斎持《さいぢ》の糧米《らうまい》白米七升なり。其中四升は、日来《ひころ》うせにけり。のこる所を見れはわつかに三升なり。笙《しやう》のいはやにて痩《やせ》つかれたるやまぶしを饗応《きやうをう》し、大略《りやく》のこる物なかりけり。そのころの事にやかの岩屋《いは》にて

　草の庵なに露けしと思ひけんもらぬいはやも袖はぬれけり

また箕面《みのお》に三ケ月こもられけるゆめに、竜宮《りうくう》にいたりて、如意宝珠《によいほうしゆ》をえたり。其間の奇異《きい》おほけれどもしるさず。浮《ふ》雲《うん》のごとくさすらひありき給ひて、和泉国槙尾山《いつみのくにまきのお》といふところにて、かのやまの住僧《ちうそう》に奉仕《ぶじ》せられけり。阿私仙《あしせん》に大王のつかへしがごとし。その時村邑《そんいう》《ムラ》に産《さん》する女ありけり。いのらしめんが為に、かの僧を請じけり。僧さはる事ありてゆかず。「但ちかきころより給仕《きうじ》する下僧《けそう》あり。くだんの僧をやるべし」といひければ、産婦《さんふ》のつかひ、「それにても」といひければ、良《りやう》僧正にそのよしを申けり。僧正験者《げんじや》にたへざるよしを、しきりにのたまひけれども、あながちにいふ事なれば、おはしましつ、、しばらく念誦《ねんじゆ》の間に、たいらに生れにけり。家人《かしん》よろこびて、牛をひきたりけり。僧正これをえて、彼《かの》住僧にたびければ感悦《かんゑつ》はなはだし。か、るほどに、僧正の御姉《あね》、梅つぼの女御、このよしきかせ給ひて、彼国司《かのこくし》藤原宗基《むねもと》に仰せて、小袖以下の御をくり物ありければ、馬気《まけ》のそれがし御つかひにて、かのやまに参向《さんかう》しけるに、はからざるに僧正に見あひたてまつりにけり。地上にひざまづきて驚《おとろ》きあやしむ事かぎりなし。僧これを見て、貴人《きにん》のよしを知《しり》て科《とが》を悔《くい》ておそれまどへる様ことはりなり。僧正身のうへの事しられぬとおもはれけるにや、夜中に行がたをしらずうせられにけり。むかし玄賓《けんひん》僧都の伊賀《いか》の国の郡司《ぐんじ》に、つかへて侍りけるためしにおなじく侍り。

第五　鄭太尉《ていたい》が事

むかしおやに孝《かう》するものありけり。あさ夕に木をうりておやをやしなふ孝養《けうやう》のこゝろそらにしられぬ。かぢもなきふねにのりて、むかひの嶋にゆくに、あしたには南のかぜふきて北の嶋にふきつけつ。夕にはまたふねに木をこりて入てゐたれば、きたの風ふきて家にふきつけつ。かくのごとくするほどに、としごろになりて、おほやけにきこしめして、大臣になしてめしつかはる。その者を鄭大尉《ていたい》とぞいひける。

第六　永超《ゑいてう》僧都魚《うを》をくふ事

むかし南の京の、ゑいてう僧都《そうつ》は、魚なきかぎりは斎非時《ときひし》もすべてくはざりける人なり。公請《くしやう》つとめて、在《さい》京の間ひさしくなりて、魚を喰《くは》でくづおれてくだる間、なしまの丈六堂《たう》の辺にて、昼《ひる》わりごくふに、弟子《でし》一人、近辺《きんへん》の在家にて魚をこひてすゝめたりけり。件《くだん》の魚の主、のちに夢に見るやう、おそろしげなる者共、その辺の在家をしるしけるに、我家をしるしのぞきければ、たづねぬる所に、つかひのいはく。「永超僧都に、魚を奉るところ也。さてしるしのぞく」といふ。そのとしこのむらの在家、ことごとくえやみをしてしぬる者おほかりけり。此魚の主が家たゞ一宇《う》、そのことをまぬかるによりて、僧都のもとへまいりむかひて、此よしを申。そうづこのよしを聞て、かづき物一かさねたびてぞかへされける。

第七　増賀《そうか》上人三条の宮に参り給ふ事

むかし多武峰《たふのみね》に、増賀上人とて、とふときひしりおはしけり。きはめてこゝろたけく、きびしくおはしけり。ひとへに名利《みやうり》をいとひて、すこふるものぐるはしくなん、わざとふるまひたまひけり。

三条おほきさいの宮、尼にならせ給はんとて、戒師《かいし》のために、めしにつかはされければ、「もつともたふとき事なり。増賀こそは、まことになしたてまつらめ」とてまいりけり。弟子《でし》ども、この御つかひを、嗔《いかつ》て打《うち》たまひなんとやせんずらむとおもふに、思ひのほかにこゝろやすく参り給へば、有がたきことにおもひあへり。

かくて宮にまいりたるよし申ければ、よろこびてめし入給ひて、あまになり給ふに、上達部《かんたちへ》、僧どもおほく参りあつまり内裏《たいり》より御つかひなどまいりたるに、此上人は、目はおそろしげなるが、体《てい》も貴《たふ》とげながらわづらはしげになんおはしける。さて御前にめしいれて、御几帳《きちやう》のもとにまいりて、出家のさほうして、めでたくながき御髪《かみ》をかき出して、この上人にはさませらる。御簾《れん》中に、女房達見てなく事かぎりなし。はさみはてゝ、いでなんとするとき、上人高声《かうしやう》にいふやう、「増賀をしも、あながちにめすは何事ぞ。こゝろえられ候はす。もしきたなきものを、大きなりときこしめしたるか。人のよりは大きに候へども、いまはねりぎぬのやうに、したく〱となりたる物を」といふに、御簾《みす》のうち近《ちか》く候女房たち、ほかには公卿《くきやう》殿上人僧たち、これをきくに、あさましく目口はたかりておほゆ。宮の御こゝちもさらなり。貴《たふ》とさもみなうせて、をの〱身よりあせあへて、我にもあらぬこゝちす。

さて上人まかり出なんとて、袖かきあはせて、「としまかりよりて、風おもく成て、いまはたゞ痢病《りびやう》のみつかまつれば、まいるましく候ひつるを、わざとめし候つれば、相かまへて候ひつる。堪《たへ》かたくなりて候へば、いそぎまかり出候なり」とて、いでさまに、西台《にしのたい》のすのこについ居て、尻《しり》をかゝげて、楾《はんざう》の口より、水をいだすやうにひりちらす音、たかくくさき事かぎりなし。御前迄聞ゆ。わかき殿上人わらひのゝしる事おびたゝし。僧たちは、「かくあさましきものぐるひを、めしたる事」とそしり申けり。かやうにことにふれて、物くるひにわざとふるまひけれど、それにつけても貴《たふと》きおほえは、いよ〱まさりけり。

第八　慈恵《じゑ》僧正いりまめはさみ給ふ事

むかし慈恵僧正は、あふみの国浅井《あさゐ》郡《こほり》の人なり。叡山《ゑいさん》のかいだんを、人夫《にんふ》かなはざりければ、えつかざりける比、浅井郡司は、したしきうへに、師壇《したん》にて、仏事を修《しゆ》する間この僧正を請じ奉りて、僧膳《そうせん》のれうに、前にて豆《まめ》をいりて、酢《す》をかけゝるを「なにしに酢《す》をばかくるぞ」と、とはれければ、郡司いはく、「あたゝかなるとき酢をかけつれば、すむつかりとて、にがみてよくはさまるゝ也。しからざれば、すべりてはさまれぬ也」といふ。僧正のいはく、「いかなりとも、なじかははさまれぬやうやあるべき。なげやるともはさみ食《くひ》てん」とありければ、「いかでさることあるべき」とあらがひけり。僧正「かち申なば、こと〴〵く戒壇《かいたん》を築《つき》て給へ」とありければ、「やすき事」とて、煎《いり》まめを投《なけ》やるに、一間《けん》ばかりのきて居給ひて、一度《と》もおとさずはさまれけり。見るものあざまずといふ事なし。柚《ゆ》のさねのたゞいましぼりいたしたるを、まぜて投《なけ》てやりたるをぞ、はさみすべらかし給ひけれど、おとしもたてずまたやがてはさみとゞめたまひける。郡司《くんじ》一家《け》ひろきものなれば、人数をおこして不《ふ》日にかいだんをつきてけりとぞ。

第九　清明蔵人少将《せいめいくらうとのせうしやう》を封《ふう》する事

むかしせいめい陣にまいりたりけるに、さきはなやかにをはせて、殿《てん》上人のまいりけるを、見れば蔵人の少将とて、まだわかくはなやかなる人の、みめまことにきよげにて、くるまより下《おり》て、内にまいりたりけるほどに、此少将のうへにからすのとびてとをりけるが、ゑとをしかけけるを、清明きと見て、あはれ世にもあひ、年などもわかくて、見めもよき人にこそあんめれ、しきにうてけるにか、此からすはしき神にこそありけれとおもふに、しかるべくて、此少将のいくべきむくひや有けん、いとおしう晴明が覚えて、少将のそばへあゆみよりて、「御前へまいらせ給ふか。さかしく申すやうなれど、なにかまいらせ給ふ。殿はこよひえすぐさせ給はじと見たてまつるぞ。しかるべくてをのれにはみえさせ給へる也。いさゝせ給へ。ものこゝろみん」とて、このひとつの車にのりければ、少将わなゝきて、「あさましき事かな。さらばたすけ給へ」とて、ひとつ車に乗《のり》て、少将の里へいでぬ。

さるのときばかりの事にて有ければ、かくいてなとしつるほどに、日もくれぬ。清明せうしやうをつといだきて、身がためをし、またなに事にか、つぶ〳〵と、夜一夜いもねず、声たえもせずよみきかせ、かぢしけり。あきの夜のながきに、よく〳〵したりければ、あかつきがたに戸をはた〳〵とたゝけるに、「あれ人いだしてきかせ給へ」とて、きかせければ、此少将のあひむこにて、蔵人《くらうと》の五位《ゐ》ありけるもおなじ家に、あなたこなたにすへたりけるが、此少将をばよき聟《むこ》とてかしづき、今ひとりをばことの外におもひおとしたりければ、ねたがりて、をんやうじをかたらひて、しきをふせたりける也。さてその少将は、死なんとしけるを、清明が見つけて、夜一夜いのりたりければ、そのふせける陰陽《をんやう》師《し》のもとより、人のきて、たかやかに「こゝろのまとひけるまゝに、よしなくまもりつよかりける人の御ために、仰をそむかじとて、しきふせて、すでにしき神のが《ママ》へりて、をのれ只今しきにうてゝ死侍りぬ。すまじかりける事をして」といひけるを、清明「これきかせ給へ。よべ見つけまいらせざらましかば、かやうにこそ候はまし」といひて、そのつかひに人をそへてやりてきゝければ、「をんやうじはやがて死にけり」とそいひける。しきふせさせけるむこをば、しうとやがてをひすてけるとぞ。よろこひける。たれとはおほえず。大納言までなり給ひけるとぞ。

第十　静観《しやうくはん》僧正雨を祈る法験《ほうけん》の事

延喜《えんき》の御時旱魃《かんはつ》したりけり。六十人の貴僧《きそう》をめして、大般若経《はんにやきやう》よましめ給ひけるに、僧ども黒《くろ》けふりをたてゝ、しるしあらはさんといのりけれとも、いたくのみ晴まさりて、日つよくてりければ帝《みかと》をはじめて、大臣公卿、百姓人民《みん》、此一事より外のなげきなかりけり。蔵人頭《くらうとのかみ》をめしよせて、静観僧正《しやうくはんそうしやう》に仰下さるゝやう、「こと更おほしめさるゝやうあり。かくのごとく方々に御いのり共、させるしるしなし。座《さ》をたてゝ、別《へち》の壁《かへ》のもとに立て祈《いの》れ。おぼしめすやうあれば、とりわき仰つくる也」と、仰くだされければ、静観僧正、其時は律師《りつし》にて、上に僧都僧正上﨟どもおはしけれども、面目かぎりなくて、南殿の御階《はし》より下りて、屏《へい》のもとに、北むきに立て、香炉《かうろ》取くひりて額《ひたい》に香炉《かうろ》をあてゝ、きせいし給ふ事、見る人さへくるしくおもひけり。あつき日のしばしもえさし出ぬに、なみだをながしくろけふりを立てきせいし給ひければ、香炉《かうろ》のけふり空へあかりて、扇ばかりの黒《くろ》雲になる。上達部《かんたちめ》は南殿《なんてん》にならび居《ゐ》。殿上人《てんしやう》《ゆ》は弓場殿《ばとの》にたちて見るに、上達部の御前は、美福門《ひふくもん》よりのぞく。かくのことく見るほどに、その雲むらなくおほ空《そら》に引ふたぎて、竜神震動《りうしんしんとう》し、電光《てんくはう》大千界にみち、車軸《しやぢく》のごとくなる雨降《ふり》て、天下たちまちにうるほひ、五穀豊穣《こくふねう》にして、万木このみをむすふ見聞《けんもん》の人、帰伏《きふく》せすといふことなし。帝大臣公卿等、随喜《すいき》して、僧正になし給へり。ふしぎの事なれば、末の世物語にかくしるせる也。

第十一　同僧正大岳《たけ》の岩《いは》をいのる事

件《くたん》の僧正は、西塔《さいたう》の千手《せんしゆ》院といふ所に住給へり。そのところは南《みなみ》にむかひて、大岳《たけ》を守る所にて有けり。大岳の乾《いぬゐ》のかたのそひに、大なるいはほあり。その岩のありさま、竜の口をあきたるに似たりけり。その岩のすぢにむかひて住ける僧共、命もろくしておほく死にけり。しばらくはいかにしてしぬるやらんと、こゝろもえざりけるほどに、「この岩のあるゆへぞ」といひたちにけり。此岩を毒《とく》竜のいはほとぞなつけたりける。これによりて西塔《さいたう》のありさま、たゞあれにのみあれまさりけり。このせんじゆゐんにも人おほく死《し》にければ、住わづらひけり。このいはほを見るに、まことに竜の大口をあきたるにたり。人のいふことはげにもさありけりと、僧正おもひたまひて、此岩のかたにむかひて、七日七夜かぢし給ひければ、七日といふ夜半《よなか》ばかりに、空くもりしんどうする事おびたゝし。大岳《たけ》にくろ雲かゝりて見えず。しばらく有て空はれぬ。夜明て大岳を見れば、どく竜いはほくだけてちりうせにけり。それより後、かのさいたうに人すみけれ共たゝりなかりけり。西塔《さいたう》の僧共は、くだんの坐《ざ》主《す》を今にいたるまで、たふとみおがみけるとぞ語つたへたる。ふしきの事也。

第十二　良忍《りやうにん》上人融通《ゆづう》念仏の事

むかし大原のりやうにん上人は、生年二十三よりひとへに世間《せけん》の名利《みやうり》をすてゝ、ふかく極楽をねがふ人なり。日夜《にちや》ふだんに称念《せうねん》して、いまた睡眠《すいめん》せず。生年四十六、首尾《しゆび》二十四年にいたりて、夏《か》月日中に、たゞ仏力によつて、自《みつか》ら心にまかせずまどろみたる夢に、阿弥陀仏示現《しけん》して曰く、

汝《なんち》行不‐思‐議《ふしぎ》なり。一‐閻‐浮提《あんふたい》の内、三‐千‐界《かい》の間に、をのれ一とす。是双《なら》びなかるへし。然《しか》りといへども、なんぢ順次往生《じゆんしわうしやう》、まことにもつてこれ難《かた》き事也。所以《ゆへ》いかんとなれば、我土《わかど》は、一‐向清浄《かうしやうく》の堺《さかい》、大‐乗善根《せうせんこん》の国なり。少‐縁《せうえん》をもつては生れがたし。汝行‐業多生《なんちきやうごうたしやう》を経《ふ》といへども、いまだ往生の業‐因《ゐん》さだまらず。蓋速《けだしすみや》かに、往生の

法を教《をし》ゆべし。所謂円《いはゆるゑん》融《ゆう》念仏これなり。一人の行《きやう》をもつて、衆人《しゆにん》の為《ため》の故《ゆへ》に、功徳広大《くとくはうたい》なり。順次往生、すでにもつて果《はた》しやすし。修因《しゆゐん》すでに融《ゆ》通《つう》す。感果盍《かんくはなん》ぞ融通せざらん。一人往生せしむ。衆人なんそわうじやうせざる。」阿弥陀如来示現粗《じげんほゞ》《アラ〳〵》かくのごとし。委細毛挙《いさいもうきよ》にいとまあらす　矣

天治元年甲辰六月九日　一乗仏子《ぜうふつし》　良忍

かくしるしをかれたり。

此のち普て、勧進《くはんしん》の間、本帳に入ところの人、三千二百八十二人なり。早旦《さうたん》に壮年《さうねん》の僧の、青衣《せいゑ》きたる出来て、念仏帳に入べきよしを、自称《じせう》して、名《みやう》帳を見て忽《たちまち》にかくれぬ。これ夢にもあらす現《うつゝ》にもあらす。上人あやしみて、すなはち名帳を見るに、正しく其筆跡あり。其字《じ》にいはく「奉レル請《ウケ》念仏百反《ヘン》。我ハ是《コレ》仏法擁《ヨウ》護者《コシヤ》。鞍《アン》馬《ハ》寺《シ》ノ毘《ビ》沙門《シヤモン》天王也。為二念仏結《ケチ》縁《エン》衆《シユ》一ノ所《トコロ》レ来《ライ》入《ジフ》スル也。五百十二人」かくのことく入給へり。

又上人、天承《せう》二年正月四日、くらま寺に通夜《つや》して念仏の間、寅《とら》の終《をはり》ばかりに、天に幻化《げんけ》のごとくしてのたまはく、「汝は我身のごとし。又梵天王等《ほんてんわうとう》正法を護《まも》る。念仏帳ノ中奉加《ほうか》すべし。我又汝をまもること、影に形《かたち》のしたがふがごとし。惣《すへ》て宜《よろしく》結衆《けつしゆ》に入べし。諸仏また漏《もれ》たまはす」と云々。夢さめて見れば、眼前《かんせん》に其文あり。梵天《ほんてん》王、部類《るい》諸天以下、一切諸王、九曜《よう》二十八宿《しう》、すべて三千大千世界の微塵所有《みちんしよう》一切諸天神祇冥道《きみやうたう》にいたるまで、ひとりももれず、をの〳〵百遍《へん》入給へり。ふしぎ未曾有《みそう》の事也。をよそくはんじん帳に入ところの人、三千二百八十二人の内、日時《にちじ》をしるして、往生をとげたる者六十八人なり。こゝに上人、同月春秋《しゆんしう》六十一にて、七カ日さきだちて死期《しご》をしり、つゐに

往生の素懐《そくはい》をとげられにけり。入‐棺《にうくはん》のとき、身の軽《かろ》き事鵞毛《がもう》のごとし云々。大原覚厳律師《かくごんりつし》の夢に上人告《つけ》ていはく、「我本意《ほい》をとげて、上品《ほん》上生《しやう》にあり。偏《ひとへ》に融通《ゆつう》念仏の力《ちから》也」云々。

第十三　少将のひじり往生の事

むかし少将の聖といふあり。これも大原山の住人なり。三十余《よ》年常行《しやうきやう》三昧《まい》を行ぜられけるに、毘沙門《ひしやもん》天王かたちをあらはして、上人を守護《しゆご》し給ひけり。御影像《ゑいさう》を木身《もくしん》に図形《つきやう》して、今に勝林院《せうりんゐん》に安置《あんち》せられたる也。此上人終焉《しうゑん》の時は、せうりんゐんに、常行三昧おこなひけるに、西方より紫雲現《しうんげん》じて、堂のうちへ入と見る程に、肉身《にくしん》ながら見えす。即身成仏《そくしんしやうふつ》の人にや。〈往生伝にはかくはなしたつぬへき事也〉

第十四　尼地蔵《あまちさう》見たてまつる事

むかしたんばの国に、老たる尼ありけり。地蔵ぼさつは、あかつきごとにありき給ふことを、ほのかに聞て、あかつきごとにぢさうみたてまつらんとて、ひとよかいまどひありくに、博奕《はくち》うちの打ほうけてゐたるか見て、「尼公《にこう》は寒《さむ》きに、何わざし給ふぞ」といへば、「地ざうぼさつの暁《あかつき》にありき給ふなるに、あひまいらせんとて、かくありくなり」といへば、「ちざうのありかせ給ふ道は、我こそしりたれば、いざ給へあはせまいらせん」といへば、「あはれうれしき事かな。ぢざうのありかせ給はん所へ、我をゐておはせよ」といへば、

「我に物をえさせたまへ。やがてゐて奉らん」といひければ、「このきたるきぬたてまつらん」といへば、「いざ給へ」とて、となりなる所へゐてゆく。尼《あま》よろこびて、いそぎ行に、そこの子に地蔵といふ童《わらは》ありけるを、それが親《おや》をしりたりけるによりて、「ぢざうは」ととひければ、親「あそびにいぬ。いまきなん」といへば、「くはこゝなりぢざうのおはしますところは」といへば、尼うれしくて、つむぎのきぬをぬぎてとらすれば、博奕打《ばくちうち》はいそぎてとりていぬ。

尼はぢざう見まいらせんとてゐたれば、おやどもはこゝろえず、など此わらはを見むとおもふらん、とおもふほどに、十ばかりなるわらはのきたるを、「くはぢざう」といへば、あま見るまゝに、ぜひもしらずふしまろびて、おがみいりて、地《つち》にうつぶしたり。わらはずはへをもちてあそびけるまゝに、きたりけるが其すはへして、手すさひのやうに額《ひたい》をかけば、ひたいより顔《かほ》のうへまでさけぬ。さけたる中より、えもいはずめでたきぢざうの御かほ見え給ふ。尼おがみ入て、打見あげたればかくてたち給へれば、なみたをながしておかみ入まいらせて、やかて極楽へまいりけり。されば心にだにもふかくねんじつればほとけも見え給ふなりけりと信《しん》ずべし。

『昔物語治聞集』 巻七

『治聞集』巻七は、全部で二十四の説話で構成されている。『古今著聞集』の分類に沿ってその内容をみると、釈教一〇話、神祇二話、禽獣三話、和歌三話、偸盗四話が採られており、有名な寺社に関わる内容の説話が多く収載されている。『古今著聞集』からは二十二話、『宇治拾遺物語』からは二話が採録されており、『古今著聞集』からの説話がそのほとんどを占めている。

冒頭話は、行基菩薩が病者に会い、その膚をねぶる慈悲の行為により、病者が湯の山すなわち有馬温泉の薬師に化したという光明皇后湯施行説話の類型話である。本話は、「温泉寺縁起」や「温泉行記」にも載り、有馬温泉の縁起として知られていた話であった。「温泉寺縁起絵」にも行基と薬師が向かい合う部分は描かれており、縁起絵を通じても人々の耳目に届いていた話だったと思われる。『治聞集』が成立した時期に東大寺勧進が進められており、はるか昔、東大寺勧進に活躍した行基菩薩の話は、時流にのっていて巻二の冒頭話にふさわしい話材であったといえるだろう。本巻には東大寺の話がこれ以外に二話載っている。

続く第二話は摂津の国の清澄寺に住する慈心房尊恵が閻魔王宮に法華経読誦のために招かれ、清澄寺は往生を遂げられる地であると閻魔王に告げられたという話である。本話は覚一本『平家物語』巻六「慈心房」にも採られ、こちらも江戸時代の軍記物語を享受する人々にはなじみの話であった。第一話から第二話への連環は、有馬温泉の縁起を通じた人物から人物への連想である。その連想の在り方は、背後にある名所に関する知識がないとたどれない。第一話との関連においては、直接的なモチーフ上の連想性はみられないが、実は、本話は、「冥途蘇生記」に載せられ、十五世紀には絵解きの言葉として温泉寺で語られ（渡辺貞麿「『平家』慈心房説話の背景―勧進と勧進の聖たち―」『中世文学』19、一九七四年八月）、十六世紀前半には、尊恵将来経の縁起「温泉寺清涼院縁起」が形成される（久下正史「尊恵将来経伝承の形成―有馬における『冥途蘇生記』―」『宗教民俗研究』10、二〇〇〇年）。つまり、第二話の尊恵の話は、第一話の行基の話と同様、中世、絵解きを通じて有馬温泉の地で語られていたものだったのであり、江戸時代初めの人々にとっても、『摂津名所図会』にも見られるように、二つの話が有馬温泉に関わる話として続くのは自然な流れとして受けとめられたものと思われる。また、尊恵将来の閻魔王自作像（京都市伏見区勝念寺）は、信長への伝来から貞安上人に伝わった（久下正史「温泉寺清涼院縁起と西国三十三所巡礼開創縁起」『説話・伝承学』24、二〇一六年三月）といい、尊恵将来のモノへの関心が高まっていたことをうかがわせる。

本巻の最後は、「清瀧川の聖の事」である。驕慢の心を戒めた話であるが、これもまた、京都の愛宕山の火伏修験者という身近なものへの興味の現れであったろうか。

（中根　千絵）

目録

第一　行基菩薩湯の山の薬師如来にあひたまふ事

ぎやうぎほさち。もろ〳〵の病《ひやう》人をたすけんがために、有馬《ありま》の泉《いつみ》にむかひ給ふに、武庫《むこ》の中に、ひとりの病者ふしたり。上人あはれみを垂《たれ》てとひ給ふやう、「なんぢなにゝよりてか、此山の中にふしたる」。病者こたへていはく、「病身《ひやうしん》をたすけんがために、温泉《をんせん》へむかひ侍る。筋力絶《きんりよくたえ》つきて、前途達《せんとたつ》しがたし。故に山中にとゞまれる間、粮食《かて》あたふるものなくして、やう〳〵日かずを送れり。ねがはくは上人、あはれみをたれて、身命をたすけたまへ」と申す。上人このことばを聞て、いよ〳〵悲歎《ひたん》のこゝろふかし。すなはち食事《しよくし》をあたへて、つきそひてやしなひ給ふに、病者いはく、「我あざやかなる魚肉《きよにく》にあらでは、食する事をえず」と。これによりて長洲《なかす》の浜《はま》を望《のぞ》み至《いた》りて、なましき魚をもとめて、

これをす丶め給ふに、おなしくは味《あぢは》ひをと丶のへてあたへ給へ」と申せば、上人みつから塩梅《あんばい》をして。其魚味《ぎよみ》をこ丶ろみてす丶め給ふに、病者これを服《ふく》す。かくて日を送る。又いはく、「我病温泉《をんせん》のしるしをたのむといへども、たちまちにいへむ事かたし。苦痛《くつう》しばらくも忍びがたし。たとへをとるに物なし。上人の慈悲《じひ》にあらでは、誰か我をたすけん。ねがはくは上人、我いたむところのはだへをねぶり給へ。しからばをのづから。苦痛《くつう》はたすかりなん」といふ。其躰焼爛《せうらん》して、其にほひはなはだくさくして、たへ忍ぶべくもなし。しかれども、慈悲いたりてふかきが故に、あひ忍ひて、病者のいふにしたがひて、其はだへをねぶり給ひて後、舌《した》のあと紫磨金色《しまこんしき》となりぬ。其人を見れば、また薬師によらいの御身なり。そのとき仏つげてのたまはく、「我はこれ温泉《をんせん》の行者也。上人の慈悲をこ丶ろみんがために、かりに病者の身に現《けん》じつる也とて忽然《こつせん》としてかくれ給ひぬ。そのとき上人願をおこして、堂舎《たうしや》をこんりうして、薬師如来《やくしによらい》を安置《あんぢ》する事を願《くはん》じ、其跡を崇《あかめ》んとおもふ。その勝地《せうち》をしめんとて、東にむかひて木葉を投《なけ》給ふ。すなはち其木葉のおつる所を、其所と定めて、いまの昆陽寺《こんやうし》はたて給へる也。畿内に四十九院をたて給へる其ひとつ也。

天平勝宝《せうほう》元年二月に、御とし八十にて終《おはり》をとり給ふとて、よみ給ひける歌

　法の月ひさしくもかなと思へとも
　　夜やふけぬらん光りかくしつ

御弟子ともの悲歎《ひたん》しけるを聞給て

　かりそめの宿かる我そいま更に
　物なおもひそほとけとをなれ

第二　閻魔王宮におひて十万部法花経よみたまふ事

むかし摂津《つの》国せいてうじという山寺あり。村人はきよら寺とそ申し侍る。其寺に慈心房尊恵《じしんはうそんゑ》といふ老僧《らうそう》有。もとは叡《えい》

山の学徒《かくと》なりけり。なかねん法花《ほつけ》の持者《ぢしや》也。住《ちう》山をいとひて道心をおこし、此ところに来て、としを送りければ、人みな帰依《きゑ》しけり。承安《せうあん》二年七月十六日、脇息《けうそく》によりかゝりて、法花経をよみ奉りけるほどに夢ともなく現《うつゝ》ともなくて、しらはりにたてゑぼしきたるおとこの、わらくつはきたるが、たてふみを持て来れり。尊恵あれはいづくよりの人ぞと言ひければ、ゑんまわう宮よりの御つかひなり。請文候とて立書《たてふみ》を尊恵にとらせけり。すなはちひらき見るに

崛請《クツシヤウ》

閻《エン》浮《フ》提《タイ》大日本國。摂《ツ》津国《ノクニ》清澄寺《セイテウシ》尊恵《ソンエ》慈《シ》心房。右来ル十八日。於二焰魔王宮一以テ二十万人ノ之持《チ》経者《シヤ》ヲ一可レ被レ轉《テン》二読《トク》十万部ノ法華經一。宜《ヨロシク》レ被二参《サン》勤《キン》一者ナリ。依テ閻王宣崛《セン》請如レシ件ノ

かくかゝれけり。尊恵いなみ申へき事もならねば、領状《れうじやう》の請文かきて奉ると見てさめにけり。例時《レイジ》のほどになりにければ寺へ出ぬ。例時はてゝ僧供出けるに、尊恵一両人に、此夢のつげをかたりければ、「むかしもかゝるためしいひつたへ有り。其用意あるべし」といへば、房《はう》にかへりて、つとめいよ〳〵おこたらず、寺僧にきほひ来てとふらひけり。十八日

のさるのおはりばかりに、たゝいまこゝち少例《れい》にたがひて、世中もこゝろぼそくおほゆるとて、うちふしたる。酉《とり》のときに息《いき》たえぬ。さて次の日辰《たつ》の終り程に、いきかへりて、若持《ニヤクヂ》法華経其《ゴ》心甚《シンチン》清浄《シヤウ》の偈《げ》を四五件がほど誦《しゆ》しけり。其後おきあがりて、冥途《めいと》の事どもかたる。王宮にめされて十万人の僧につらなりて、法花経てんどく十万部おはりて、法王、尊恵をめして、しとねをまふけてすへらき王は母屋《もや》の御簾《みす》の中におはします。尊恵あらはに冥官《みやうくはん》どもは大床《ゆか》につらなり居《ゐ》たり。さま〳〵のものかたりし給ふに、「摂津国《つのくに》に往生《わうしやう》の地五ヶ所あり。清澄寺《せいしうじ》其内なり。汝順次《しゆんし》往生うたがふ事なかれ。太政入道清盛《きよもり》は慈恵《じゑ》僧正の化《け》身なり。敬礼《キヤウライ》慈慧《ジヱ》大僧正天台《タイ》仏法擁護者《ヨウゴシヤ》。かくとなへ給ひて速《スミヤカ》に本国にかへりて、往生の業《こう》をはげむべし」とて帰されけりとかたりけり。きく人尊《たふ》み目出度がる事かぎりなし。そのゝち一両年をへて、また法花転読《てんどく》のために召《めさ》れけり。其後一両年ありて、めでたきわうじやうをとげたりける。

第三　蓮華王院《れんげわう》に八功徳水《くとくすい》わく事

永万元年六月八日とらの時、れんげわうゐんの兵士《し》が夢に、うしろ戸の、ひつじさるのすみより、北へ第四の間《ま》に、もつての外黒山《こくさん》有けり。ふもとに承仕《せうし》ありけるが、件《くたん》のやまのみねより、やんごとなき老僧いできたれり。かの人いはく、「抑此水をば、何の料《れう》にほるぞと侍りけれは、くだんの承仕《せうし》こたへていはく、「もとよりほりはじめて候水を、ほりとゞめさせ給ひて、制止《せいし》給ふべきやう候はず。」また彼《かの》僧云、「申す所尤いはれたり。水の末をばながさんするぞ」とて、ほそき谷川をほりながしければ、水きはめてほそくおちけるぞ。「此水はほそく見ゆれども、八功徳水《くとくすい》、甘露《かんろ》利益《やく》、含識方便水《かんしきはうへんすい》にてあらんずるぞ。よく〳〵精進《しやうしん》してくむべきなり」といふと見て夢さめにけり。さるほどに件《くたん》のうしろ戸の砌《みきり》の下に、現《うつゝ》に水あり。貴賤《きせん》汲けれどもつきざりけり。またくまぬときもある事なし。ふしぎなりける事也。当時その水みえず。いつごろよりうせけるか覚《おほ》束なし。〈蓮華王院ハ三十三間堂ナリ〉

第四　聖覚《せいかく》法印《ゐん》一念《ねん》多念の沙汰の事

後《ご》鳥羽院、せいかくほふゐん参上したりけるに、「近来《ちかころ》、専修《せんしゅ》念仏のともがら、一念多念とて、たて分てあらそふなるは、いづれか正《しやう》とすべき」と、御たつね有ければ、「行《ぎやう》をば多念にとり、信《しん》をば一念にとるべきなりとぞ申侍りける。

第五　長谷《はせ》の観音夢に宝珠を給はる事

むかしやまとの国、高天寺《たかまの》にすむ僧ありけり。はせへまいりて通夜《つや》していひけるに、つねよりも人おほく参りて侍りけるに、此僧 暁《あかつき》下向《けかう》せんとしけるに、誰ともしらぬ俗《ぞく》来りて、珠《たま》をもちて、僧にさづけていひけるは、「此玉を准《じゅん》后《こう》へまいらせて給はるべし」とて、すなはち去《さり》にけり。玉の色 紫《むらさき》にして、其勢《せい》橘《たちはな》の程也。かのをしへのごとく、准后へもて参り奉りけり。其前の夜、准后の御夢に、長谷の観音より、宝珠をたまはらせ給ふと御覧しけるを、御こゝろの内ばかりにおぼしめして、御出さるゝ事なかりけるに、そのゝちの朝《あした》に此玉を持てまいりたり。ふしぎなる事也。件《くたん》の玉、醍醐《たいこ》僧正実賢《しつけん》あづかり給ひて、度々宝珠《ほうしゅ》法おこなはれけるとなん。

第六　観音悪風にあふ舟をたすけ給ふ事

むかし東西《かなたこなた》修行《しゆきやう》する僧ありけり。名を生智《しやうち》といふ。たひ〳〵渡唐《ととう》したりける者也。建長《けんちやう》元年の比、唐土《もろこし》へわたりけるに、悪風にあひて、既《すて》にふねくだけんとしけるを、ことうといふ小船にのりうつりにけり。ふねせばくして、百余人ぞのりたりける。残のともがらは、もとのふねに残て有ける。心中をしはかるべし。ことうに乗て十余人ありけるに、水尽《つき》既《すて》に飢《うへ》てしなんとしける時、行衍《えん》房嶷《き》浄と云上人も転船せられけるが、申されけるは、「各《をの〳〵》同心に、観音経を三十三巻よみ奉るへし。我も祈請《きせい》しこゝろむへし」とて、ひたりの手の小指《ゆひ》に燈《とう》心《しん》をまとひて油をぬりて、火をともして、おなじく経をよみけり。三十三巻の終り程になりて、南のかたより、淡《あは》のごとくなるもの、海の面一段《たん》ばかり、しらみわたりて見えけるが、此ふねのもとへながれくる。あやしと思ひて杓《シヤク》をおろして、くみて見れば、すこしも塩の気《け》なき水の、目出度にて有けり。人々これを汲《くみ》のみて命いきにけり。これしかしながら、観音の利生方便なり。世の末といひながら、仏の御慈悲ふしぎの事なり。大船にのられけるらし人々も、すでにかぎりなりけるに、いづくよりともなく、小船出きて、此ともがらをうつしのせて、事ゆへなく彼岸《かのきし》へ着《つけ》てけり。是もくはんおんの御たすけ有けるにや。

第七　康忠《やすたゝ》いぬに生るゝ事

後《ご》しらかはの院の御とき、ひやうゑのぜう康忠といふもの侍ひけり。三条烏丸どのゝ兵乱の夜、うせにしものなり。仁安の比、くろまだらなる男狗《いぬ》の異躰《いてい》なる、院中に見えけり。あるもの、夢に、康忠院中にしかうの志《こゝろざし》ふかくて、此犬になりたるよし見えたりける。あはれなる事也。

第八　笵久《はんきう》あざり西方を後《うしろ》にせさる事

むかしはんきう阿闍梨《さり》といふ僧有けり。やまの楞厳《れうこん》院にすみけり。ひとへに極楽をねがふ。行住坐臥《さくは》西方をうしろにせず。つばき大小便西にむかはす。入日をせなかにおはす。西坂よりやまへのぼるときは。身をそばたてゝあゆむ。

つねにいはく、「たをる、事かならすかたふくかたにあり。こゝろを西方にかけんに、なんぞ心ざしをとげざらむ。臨終正念うたがはす」となんいけり。往生伝に入とか。

第九　賀茂明神雅経《がけい》の哥をめで給ふ事

むかし二条宰相《さいしやう》雅経卿は、賀茂大明神の利生にて、なりあがりたる人なり。そのかみ世間あさましく、たえ〴〵しくて、はか〴〵しき家などもたざりければ、花山院の釣殿《つりとの》に宿して、それより歩行《かち》にて、雨《フル》にも照《テル》にも、賀茂へまいるをもてつとめとしてけり。其ころよみ侍りける

世のなかにかずならぬ身の友千鳥
なきこそわたれ賀茂の河原に

此哥、こゝろのうちばかりにおもひつらねて、にちらしたる事もなかりけるに、社司《しやじ》が夢に、大明神、我は、なきこそわたれ数ならぬ身に、とよみたるものゝいとおしきなり。たつねよとしめし給ひけり。それよりあまねくたづねければ、此雅経《がけい》のよみたるなりけり。此示現《じけん》を聞て、いかばかり信仰《しんかう》の心も、いやましにふかゝりけん。扨次第になりあがりて、二位ノ宰相までのぼり侍り。これしかしながら大明神の利生也。

第十　狐東大寺の仏を礼拝する事

承平《せうへい》のころ、きつね数百頭《スハクトウ》、とうだいじの大仏をらいはいしけり。諸人これを追ければ、其人につきていひけるは、ひさしく此寺に住《スメ》り。今尊像《サウ》をいたましめてやかんとするか故に、らいはいをいたすなりとそいひける。

第十一　御物《ごもつ》の鷹《たか》を十禅《せん》寺《し》の辻につなぐ事

一条院の御時。御ひさうの鷹ありけり。いかなりけるにや、鳥をとらさりけり。御鷹かひとも、面々にとりかひけれとも、すべて鳥に目をだにかけさりければ、しかねて、件《くたん》の鷹を、あはた口、十せんしの辻につなきて、行《かう》-人《じん》に見せられけり。もしをのづからいふ事や有とて、人をつけられたりけるに、たゝの直垂《ひたゝれ》上下に、あみ笠きたるのぼり人《うと》、馬よりおりて、此たかをたちまはり〳〵見て、「あはれ逸物《イチモツ》や。うへなきもの也。但いまだとりかはれぬ鷹なれば、鳥をばよもとらじ」といひてすぐるものありけり。其時御鷹養《かひ》出て行人《かうしん》にあひて、「たゞいまのたまはせつる事、すこしもたがはず。これは帝の御鷹なり。しかるべくはとりかひて、叡感《ゑいかん》にあづかり給へ」といへば、此ぬし「とりかはん事いと心やすき事なり。我ならでは此御鷹とりかひぬべき人おほえず」といへば、「いと希有《けう》の事なり。すみやかに此よし叡聞《ゑいふん》にいるべし」とて、宿などくはしくたつねきゝて、御鷹すへてまいりて、このよしそうもんしければ、叡感《ゑいかん》ありて、すなはち件の男めされて、御鷹をたまはせけり。すへてまかり出て、よくとりかひてまいりたり。南庭の池のみぎはにさふらひて、ゑいらんにそなへけるに、出御《しゆつきよ》の後、池にすなごをまきければ、魚あつまりて浮《うか》ひたりけるに、鷹はやりければあはせてけり。すなはち大きなる鯉《こい》をとりてあがりたりければ、やがてとりかひてけり。帝よりはじめて、あやしみ目をおどろかして、其故をめしとはれければ、「此鷹は。みさご腹の鷹にて候。先かならず母がふるまひをして、後には父が藝《ケイ》をつかふまつり候を。人その故をしり候はで、今まで鳥をとらせ候はぬ也。此後はひとつもよもにがし候はじ。究竟《くきやう》の逸物《いちもつ》にて候也」と申ければ、叡-感はなはだしくて、「所望《しよまう》何事かある。申さんにしたがふ」べきよし仰下されければ、しなのゝ国水《ひ》内《ち》の郡に、屋しき田園《てんゑん》などをぞ申うけゝる。ひちの検校《けんきやう》豊年《ほうねん》とは、これがこと也。大番役《はんやく》にのぼりける時の事也。

第十二　小式部の内侍命終《みやうしう》の時哥よむ事

和泉しきぶがむすめ、こしきぶのないし、此世ならすわつらひけり。かぎりになりて、人のかほなとも見しらぬ程になりてふしたりければ、和泉式部かたはらにそひゐて、ひたいをおさへて泣《なき》けるに、めもはつかに見あげて、母が㒵《かほ》をつく〴〵と見て、いきのしたに

いかにせんゆくへきかたもおもほえす
親にさきだつみちをしらねば

と。よはりはてたる声にていひけれは、天井《じやう》のうへに、「あらあはれ」といひてけり。さて身のあたゝかさもさめて、よろしくなりてけり。

第十三　人に無実《むじつ》いひける女物にくるふ事

むかし中納言みちとし卿の子に、世尊《そん》寺の阿ざり仁俊《にんしゆん》とて、顕密《けんみつ》の智《ち》法たふとき人おはしけり。鳥羽院にさふらひける女房、仁俊は女心あるものゝ、そら聖《ひしり》たつるなと申けるを、阿闍梨《あさり》かへり聞て、くちおしくおもひて、北野に参籠《ろう》して、此辱《はち》すゝぎ給へとて

あはれとも神〳〵ならは思ひしれ
人こそ人のみちをたつとも

とよみたりければ、かの女房、あかきはかま許をきて、手に錫杖《しやくちやう》をもちて、仁俊にそら言《こと》いひつけたるむくひよとて、院の御前にまいりて舞くるひければ、あさましとおほしめして、北野より、仁俊をめしいだしてみせられけれは、神慮《しんりよ》のあらたなる事になみたをながして、一たひ慈救《じく》の咒《しゆ》をみてければ、女房もとのこゝちになりにけり。院いみじくおほしめして、うすずみといふ御馬をたびてけり。

第十四　小野の小町か事

をの、こまち、わかくて色をこのみしとき、もてなしけるありさまたぐひなかりけり。壮《さう》衰《すい》記といふものには、三皇《くわう》五帝《てい》の妃《ひ》も漢《かん》皇周公《しうこう》の妻も、いまだ此おごりをなさず、と書たり。かゝれば、衣には錦繍《キンシウ》のたぐひをかさね、食には海陸《かいろく》の珍物をとゝのへ、身には蘭麝《らんしや》を薫《くん》じ、口には和哥を詠じて、よろつの男をいやしくのみおもひくだし、女御《にようこ》后にこゝろをかけたりしほどに、十七にて母をうしなひ、十九にて父にをくれ、二十一にて兄《あに》にわかれ、二十三にて弟《おとゝ》をさきだてしかは、単孤無類《たんこむるい》のひとり人《うと》になりて、たのむかたなかりき。いみじかりつるさかへ日ごとにおとろへて、はなやかなりし顔《かほ》、とし〳〵にすたれつゝ、心をかけたるたぐひもうとくのみなりしかば家はやふれて、月ばかりむなしくすみ、庭はあれて蓬《よもき》のみいたづらにしげるまでになりにければ、文屋康秀《ふんやのやすひて》が、三河丞《せう》にて下りけるにさそはれて

わびぬれは身をうき草のねをたえて
さそふ水あらはいなんとそおもふ

と詠《よみ》て、次第におちぶれゆくほとに、はてには野山にさそらひける。人間のありさま是にてしるべし。

第十五　當麻《たへま》の曼陀羅《まんたら》の事

たえまの寺は、推古《すいこ》天皇の御宇に、聖徳《しやうとく》太子の御す丶めによりて、麻呂《まろの》親王のこんりうしたまへるなり。万法蔵《さう》院と号《かう》して、すなはち、御願寺になずらへられにけり。建立《こんりう》ののち、六十一年をへて、親王夢想《しんわうむさう》によつて、もとの伽藍《からん》の地をあらためて、役《ゑんの》行者練《れん》行の砌《みきり》にうつされにけり。金堂《こんたう》の丈六の弥勒《みろく》の御身《しん》の中に、金銅《こんどう》一搩手半《けつしゆはん》の孔雀《くしやく》明王の像《さう》一躰をこめたてまつらる。此像は行者の多《た》年の本尊なり。又行者祈願《きくはん》の力に依《よつ》て、百済国《はくさいこく》より、四天王の像とび来り給ひて、金堂におはします。堂前にひとつの霊石《れいせき》あり。むかし行者孔《く》雀《しやく》明王の法を勤修《こんしゆ》の時、一言主《ことぬしの》明神きたりて、この石に座したまへり。天武《む》天皇の御宇、白鳳《はくはう》十四年に、高麗国《かうらいこく》の恵《ゑ》観《くはん》僧正を導師《たうし》として、供養《くやう》をとげらる。その日天衆降臨《しゆかうりん》し、さま〳〵の瑞相《すいさう》あり。行者金峯《きんふう》山より法会《ゑ》の場《には》に来りて、私《し》領《れう》の山林田畠等《てんはたとう》、数《す》百町を施《せ》入せられけり。曼荼羅《まんたら》の出現《しゆつけん》は、当寺こんりうの後、百五十二年を経て、大炊《ゐ》天皇の御とき、横佩《よこはき》の大臣藤原尹胤《た、たね》といふ、賢智《けんち》の臣侍りけり。彼大臣に鐘愛《しあい》のむすめあり。其性わざ好《よく》して、ひとへに人間の栄耀《ゑいよう》をかろしめて、ただ山林幽閑《ゆうかん》をしたひ、つゐに当寺の蘭若《れんしや》をしめて、弥陀の浄刹《せつ》をのぞむ。天平宝字《じ》七年六月十五日、蒼《さう》

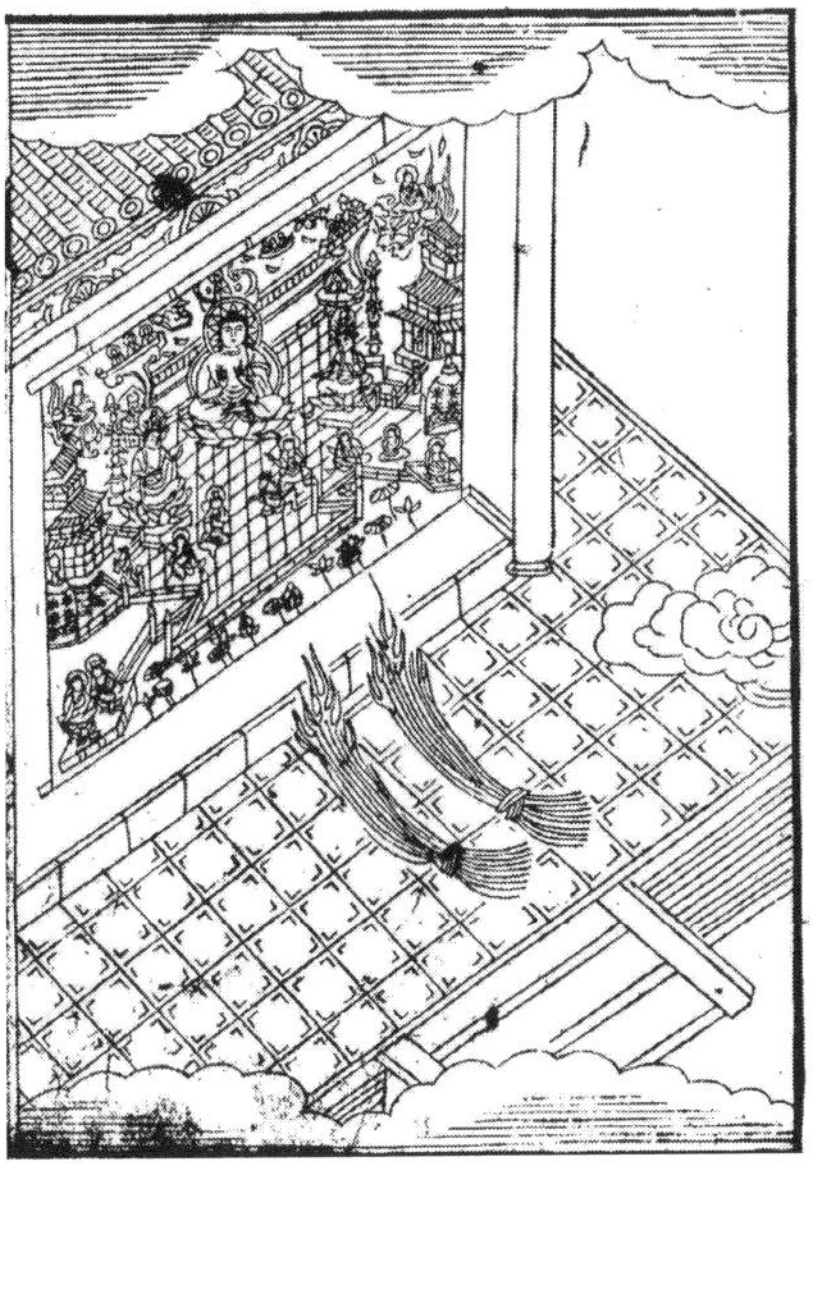

美《び》をおとして、いよ〳〵わうじやう浄土のつとめねんごろなり。誓願をおこしていはく、「我もし生身《しやうしん》の弥陀を見奉らずは、ながく伽藍《からん》の門閫《もんこん》を出ずして果《はて》なん」と。七日きねんの間、同月廿日酉《とり》の刻《こく》に、二人の比丘尼忽然《むくにこつぜん》としてきたりていはく、「汝九品の教主《けうしゆ》を見たてまつらんと思はゞ、百駄《た》の蓮茎《れんきやう》をまうくべし。仏種《しゆ》は縁より生ずる故なり」といふ。

本願禅尼《せんに》、歓喜《くはんき》身にあまりて、化《け》人のつげにまかせて、公家《くけ》にそうもんす。叡感《ゑいかん》をたれて宣旨《せんし》をくだされにけり。忍《にん》海勅命《かいちよくめい》をうけたまはりて、近国の内に、蓮《はす》の茎《くき》をもよほしめぐらすに、わづかに一両日の程に九十余駄《だ》いできにけり。化人みづから蓮茎《れんきやう》をもて糸をくりいだす。糸すでに調《とゝの》をりて、はじめて清き井をほるに、水出で、糸を染るに、その糸五色《しき》なり。見る人嗟嘆《さたん》せずといふ事なし。同廿三日の夕、また化《け》人の女、たちまちにきたりて、化尼《に》に、「糸すでにとゝのをれりや」と問。すなはちとゝのへるよしをこたふ。そのとき、かの糸を此化女にさづけたまふ。女人藁《わら》二把《は》を油二升にひたして灯として、道場《ちやう》の乾《いぬゐ》のすみにして、戌《いぬ》の終より寅《とら》のはじめにいたるまでに、一丈五尺の曼陀羅《まんたら》を織《をり》あらはして、一節《ひとよ》竹を軸《ぢく》にして捧《さゝけ》もちて、化尼《けに》と願主《くはんしゆ》との中にかけたてまつりて、彼女人はかきけつごとくに失《うせ》て、行方をしらずなりぬ。そのまんだらのやう丹青《たんせい》色をまじへて、金玉のひかりをあらそふ。南の縁《へり》は、一経教起《きやうけうき》の序分《じよふん》、北のへりは三昧《まい》正受《しゆ》の旨帰《しき》、下方《はう》は上中下品来迎《ホンライカウ》の儀《キ》、中台《タイ》は四十八願庄厳《しやうこん》の地なり。これ観《くはん》経一部の誠文《しやうもん》、釈尊誠諦《シヤウタイ》の金言《ケン》なり。化尼かさねて四句の偈《げ》をつくりて示《しめし》ていはく、

往昔《わうしやく》迦葉《かせう》説法所《せつほふしよ》。 今来《こんらい／イマキタツテ》法起《ほふき》作《さ／ナス》二仏事《ふつし》一ヲ
響懇《きやうこん／ヒヽキネンゴロナリ》二西方一故我来《こがらい／ユヘニワレキタレリ》。 一入《イレハ》二是場《ぜちやう／コノニハニ》一永離《えうり／ナカクハナル》レ苦《く／クヲ》

本願禅尼《ほんくはんぜんに》、宿願力《しゆくくはんりき》によりて、未曽有《みそう》なる事を見、化人《けにん》の告《つけ》によりて、ふしぎの詞をきゝて、問ていはく、「抑《そもそも》我が善知識《せんぢしき》は、いづれの所よりたれの人のきたり給へるぞ」。こたへていはく、「我はこれ極楽世界の教主《けうしゆ》なり。をりひめはわが左脇《さけう》の弟子《てし》観音なり。本願をもての故に、きたりてなんぢが心を安慰《あんゐ》するなり。ふかく仏恩《をん》を知て、よろしく報謝《ほうしや》すべし」と、再三《さひ》つぐる事ねんごろ也。そののち、びくには西をさして雲に入てさり給ひぬ。本願禅尼、宿望《しゆくまう》すでに

とげぬる事をよろこぶといへども、恋慕《れんぼ》の休《や》みがたきに堪《たへ》ず。禅客去《せんかくさつ》て跡《あと》なし。空《むな》しく落《らく》日に向《むかつ》て涙《なみた》を流《なが》す。徳音《とくゐん》は留《とゝまり》て忘れず。只恋像《れんさう》を仰《あふき》て魂《たましゐ》を消《け》す。其後廿余年をへて宝亀《ほうき》六年四月四日、宿《しゆく》願にまかせて、つゐに聖衆《しやうしゆ》の来《らい》迎《かう》にあづかりぬ。その間の瑞《すい》相くはしくしるすにをよばず。

第十六　盲目《まうもく》なる人前生《せんしやう》魚《を》にて有し事

むかし熊《くま》野に、盲目のもの、斎灯《さいとう》をたきて、まなこのあきらかならんことを祈《いの》る有けり。此つとめ三年になりにけれども、しるしなかりければ、権現《こんけん》をうらみまいらせて打ふしたる夢に、「なんぢがうらむる所、其謂《いは》れなきにあらねども、先世《せんせ》のむくひをしるべき也。なんぢは日高《ひたか》川の魚《いを》にて有し也。彼《かの》河のはしをとをる者、わたるとて、南無大悲三所《しよ》権現と、上下諸人となへ奉る声を聞て、その縁《えん》によりて、魚鱗《きよりん》の身をあらためて、たま〳〵うけがたき人身をえたり。此斎灯《とう》の光りにあたる縁をもつて、また来世に明眼《めいかん》をえて、次第に昇進《せうしん》すべき也。此事をわきまへずして、みだりに我をうらむる、おろかなり」と、恥《はち》しめ給ふと見て、さめにけり。其後懺悔《さんけ》して、一期《ご》をかぎりて、此役《やく》をつとめけるほどに、まなこも明かになりにけり。

第十七　聖宝《しやうほう》僧正鬼にあふ事

むかししやふぼふ僧正、十六にて出家して、始て元興寺《くはんこうし》にて、三論の法文を学し、後に東《とう》大寺にて、法相花厳《ほうさうけこん》のほふもんを修学《しゆがく》す。どうだいじの東坊《とうほう》、南第二の室《しつ》は、本願の時より、鬼神のすむとて、内作《つくり》もなくて、荒室《あれむろ》と名づけて、住人もなかりけるを、此僧正いまだ若かりける時、居所のなかりければ、かの室にすみけり。鬼神さま〳〵のかたちを現《けん》じけれども、かなはで、つゐに去《さり》にけり。其後一門の僧、あひつぎて居住《きよちう》して、修学いまにたえずとなん。

第十八　大般若書写《はんにやしよしや》の人を鬼神守護《しゆこ》の事

神祇権少副大中臣親守《しんぎこんのせうふおほなかとみちかもり》、としごろ大般若一筆書写のこゝろざし有けれども、むなしくてやみにけり。常の言種《ことくさ》に、「此願を心にかけて、一日に二枚《まい》ばかりづゝ書たてまつるとも、十余年には果《はて》なん。くちおしくもおもひたゝぬかな」といひけるを、前《さきの》権大副《たいふ》同《おなしき》長家《なかいへ》聞て、忽《たちまち》に智発《ちはつ》して、此願をおもひたちて、つゐに一筆書写の功《こう》を終《をひ》てげり。供養《くやう》の後随喜のあまりに、親守がもとにゆきていひけるは、「此事はもと我おもひよりたるにもあらず、仰られし旨《むね》を聞て、をのづから発願《ほつくはん》して、大功《こう》をなしたる、しかしながら御恩《をん》也。かつはそのことを謝《しや》せんがために、こと更まうできたるなり」といひて、対面《たいめん》したるを見れば、ちいさき鬼三人、長家にしたがひてあり。その長赤子《たけあかこ》ばかりなりけり。縁《えん》をのぼりけるときは、一人庭にひざまづきてかしこまりけり。やがて一人はしたがひて、うへにのぼりてあり。一人はしもにあり、皆長家を守護《しゆこ》するさまなり。かやうの事は夢などにこそ見る事もあれ、正《まさ》しくうつゝに見たる事は、ふしぎの事也。大般若書写《しよしや》によりて、十六善神《せんしん》のたちそひて、加護したまひけるにや、たふとくめでたき事也。彼親守《ちかもり》は、五部の大乗経《せう》、自《じ》筆にかきたてまつりたる者也。正《たゞ》しく正直《ちき》の者にて、ながく虚言《きよこん》などせざりしものなり。「かゝるふしぎこそありしか」と、親守かたりしを聞て、しるし侍る也。

第十九　書写上人の許《もと》へ冥途《めいと》より使たつ事

むかし書写《しよしや》の上人、みづから妙法《によほふ》妙説《せつ》に、法華経かき給ひけるに、炎魔宮《ゑんまくう》より冥官《みやうくはん》を以《もつ》て申送けるは、「自業自得《しこうしとく》果《くは》をむくはんがために、みな我所に来る。

そのむくひいまだつきざるに、上人の写経《しやきやう》の間、罪報《さいほう》の衆生、みな人中天上にむまれ、あるいは浄刹《せつ》に詣《けい》する間、罪悪《さいあく》の地こと〳〵く荒廃《くはうはい》《アレスタル》せり。ねがはくは上人、経をかき給ふ事なかれ」と、訴申たりければ、上人のたまひけるは、「此事はわが進退《しんたい》にあらず。はやく釈迦如来に申さるべし」とぞ、こたへ給ひける。

第二十　内裏《たいり》女房ぬすびとの事

むかし隆房《たかふさ》大納言、検非違使別当《けひゐしへつたう》の時、白川に強盗《けうたう》入にけり。その家にすくよかなるもの有て、強盗とたゝかひけるが、なにとなくて、強盗の中にまぎれまじはりにけり。打あはんには、しおほせん事かたくおぼえければ、かくまじはりて、もの分《わけ》ん所に行て、強盗のかほをも見、またちり〳〵にならむとき、家をも見いれんとおもひて、かくはかまへけり。さて、伴《ともな》ひて朱雀門辺《すさくもんへん》に入ぬ。をの〳〵ものわけて、この男にもあたへてけり。強盗の中に、いとなまやかにて、声けはひよりはじめて、世に尋常《じんじやう》なる男の、とし二十四五にもや有らんとおぼゆる有。どうはらまきに、左右の小手さして、薙刀《なぎなた》をもちたりけり。ひをくゝりのひたゝれはかまに、くゝりたかくあげたり。もろもろの強盗の主徒《しゆと》とおぼしくて、事掟《おきて》まはれば、其下知《けち》にしたがひて、主徒《と》のごとくなん侍ける。さてちり〳〵になりける時、この宗徒《むねと》の者の、ゆかんかたを見んとおもひて、しりにさしさがりて、見えがくれ〳〵ゆくに、朱雀門《すさくもん》を南へ、四条まで行けり。四条をひがし

へ櫛笥《くしげ》までは、まさしく目にかけたりけるを、四条大宮の大理《たいり》の亭《てい》の西の門のほどにて、いづちかうせにけん、かきけつごとく見えずなりにけり。さきにもかたはらにもすべてみえず。此築地《つゐぢ》をこえて、内へ入にけりとおもひて、そこよりかへりぬ。あしたにとくゆきて、跡《あと》を見れば、件《くだん》のぬす人、手を負《おひ》て侍けるにや、道々《みち〳〵》血こぼれけり。門のもとにてとゞまりにけり。さりければ、うたがひなく、此内の人なりけり、とおもひてたちかへりて、このやうを主《しう》にかたりければ、大理《り》の辺《へん》にまいりかよふものなりければ、すなはちまいりて、ひそかにこのやうをかたり申ければ、大理聞おどろかれて、家中を検閲《けんみ》せられけれども、さらにあやしき事なかりけり。件《くだん》の血《ち》、北の対《たい》の車やどりまでこぼれたりければ、つぼね女房の中に、ぬすびとをこめをきたるがしわざにこそとて、皆つぼねどもをさがさるべきになりて、女房どもをよばれけり。その中に大納言殿とかやとて、上臈《らう》女房のありけるが、此ほど、風のおこりてなんまいらぬよしをいひけり。かさねて、「たゞいかにもして、人になりともかゝりてまいり給へ」とせめられければ、のがるゝかたなくて、なまじゐにまいりぬ。其あとをさがしければ、血つきたる小袖あり。あやしくて、いよ〳〵あなぐりて、しき板を扛《あげ》て見るに、さま〳〵の物どもをかくしをきたりけり。彼《かの》男がいひけるにたがはず、ひをくゝりの直垂《ひたたれ》はかまなどもありけり。面形《おもてかた》ひとつ有けるは、其面《めん》を着《き》て、顔をかくして、よる〳〵強盗《かうたう》をしける也けり。大理《り》、おほきにあさみて、すなはち官《くはん》人に仰て、白昼《はくちう》に禁獄《きんごく》せられける。見物のともがら市をなして、所も去《さり》あへざりけるとぞ。きぬかづきをぬがせて、面をあらはにして出されけり。諸人みあさまずといふ事なし。二十七八ばかりなる女の、ほそやかにて、たけだち、髪《かみ》のかゝり、すべてわろき所もなく、ゆうなる女房にぞ侍りける。むかしこそ鈴鹿《すゝか》山のをんな盗人とはいひつたへたるに、ちかき世にも、かゝるふしぎ侍ける。

第二十一　後鳥羽院《ごとはのゐん》御勇力《ゆうりき》の事

後鳥羽院の御時、交野《かたの》八郎といふ強盗《かうたう》の張本《ちやうほん》ありけり。今津《つ》に宿たるよし聞しめして、西面《さいめん》のともがらをつかはして、からめめされける。やがて御幸《かう》なりて、御ふねにめして御覧ぜられけり。かのやつは、究竟《くつきやう》の物にて、からめて四方をまきてせむるに、とかくちがひて、いかにもからめられず。御船より、上皇《くはう》みづから櫂《かい》をとらせ給ひて、御をきてありけり。そのときすなはちからめとられにけり。水無瀬殿《みなせとの》へまいりたりけるに、めしすへて、「いかになんぢ程のやつは、これほどやすくは搦《からめ》られたるぞ」と御たづね有ければ、八郎申けるは、「としごろ、搦手《からめて》むかひ候事、その数をしらず候。山にこもり水に入て、すべて人を近《ちか》づけず候。このたびも、西面《さいめん》の人々むかひて候ひつるほどは、ものの数ともおぼえず候ひつるに、御幸《みゆき》ならせおはしまし候て、御みづから御掟《おきて》の候ひつる事、かたじけなく、申あぐべきには候はねども、舟のかいははしたなくおもき物にて候を、扇などをもたせおはしまし候やうに、御かた手にとらせおはしまして、やす〳〵ととかく御おきて候ひつるを、少見まいらせ候ひつるより、運《うん》つきはてさふらひて、力よは〳〵と覚え候ひて、いかにものがるべくも覚え候はで、からめられ候ひぬるにて候」と申たりければ、御けしきあしくもなくて、「をのれめしつかふべきなり」と、ゆるさせ給ひて、御中間《ちうけん》になされにけり。御幸のときは、ゐぼしかけして、くゝりたかくあげてはしりければ、興《けう》ある事になん、おぼしめさりたりけり。

第二十二　灰《はい》を食《くい》て飢《うへ》をやむる事

ある所に盗人いりたりけり。あるじおきあひて、かへらんところをうちとゞめんとて、その道をまちまうけて、障子《さうし》のやぶれよりのぞきおりけるに、ぬす人ものども少々とりて、袋《ふくろ》に入て、悉《ことく〳〵》もとらず、少々を取てかへらむとするが、さげ棚《たな》のうへに鉢《はち》に灰《はい》を入てをきたりけるを、此ぬす人、なにとかおもひたりけん、つかみくひて後、ふくろにとり入たる物をば、本《もと》のごとくに置《をき》て帰りけり。まちまうけたる事なれば、打ふせてからめてけり。此ぬす人のふるまひ、こゝろえがたくて、その子細《しさい》を尋ねければ、盗人いふやう、「我もとより盗みのこゝろなし。この一両日食物たえて、術《じゅつ》なくひだるく候まゝに、はじめてかゝる心つきて、参り侍りつる也。しかあるを、御棚《たな》に麦《むぎ》の粉《こ》やらんとおぼしき物手にさぐりつるを、ものゝほしく候まゝに、つかみくひて候つるが、はじめはあまりうへたる口にて、何の物共おもひわかず。あまたたびになりて、はじめて灰《はい》にて候ひけりとしられて、そのゝちは給《たべ》ずなりぬ。食物ならぬものをたべては候へども、これを腹《はら》にくひ入て候へば、ものゝほしさがやみて候なり。これをおもふに、此飢《うへ》にたべずしてこそ、かゝるあらぬさまの事どもつきてさふらへば、灰をたべてもやすくなをり候けりと、思ひ候へば、とる所の物を、本《もと》のごとくにをきて候也」といふに、あはれにもふしぎにもおぼえて、かたのごとくのたからなどとらせて、かへしやりにけり。「のち〳〵にも、さほどにせんつきんときは、はゞからず来りていへ」とて、つねにとぶらひけり。ぬす人も此こゝろあはれなり。家あるじのあはれみ、また優《ゆう》なり。

第二十三　安養《あんやう》の尼《あま》のもとへ盗人いる事

むかし横《よ》川の恵心《えしん》の僧都《そうつ》のいもうと、安養のあまの許に、強盗《かうたう》に入にけり。ものども皆取て出にければ、尼うへは、紙ぶすまといふ物計を、ひきゝてゐられたりけるに、あねなるあまのもとに、小尼公《にこう》とて有けるが、はしりまいりて見ければ、小袖をひとつとりおとしたりけるを取て、「これを盗人とりおとして侍りけり。召《めし》奉れ」とて、もちて来りければ、尼うへのいはれけるは、「これも取て後は、我物とこそ思ひつらめ。ぬしの心ゆかざらんものを、いかゞきるべき。ぬす人はいまだとをくはよもゆかじ。とく〳〵もちておはしまして、とらさせ給へ」とありければ、門《かど》のかたへはしり出て、「やゝ」とよびかへして、「これを落されにけり。たしかにたてまつらん」といひければ、ぬす人どもたちどまりて、しばしあんじたるけしきにて、「あしくまいりにけり」とて、とりたりける物どもを、さながらかへしをきてかへりにけるとなん。

第二十四　清瀧川の聖の事

むかしきよき川のおくに、柴の庵をつくりて、おこなふ僧有ける。水ほしきときは、水瓶《すいひん》を飛《とば》して、汲《くみ》にやりてのみけり。としへにければ、かばかりの行者はあらじと、時々慢心《まんしん》おこりけり。かゝりけるほどに、我ゐたる上ざまより、水瓶来て、水をくむ。いかなるものの、またかくはするやらんと、妬《ねた》ましくおぼえければ、見あらはさんとおもふ程に、例《れい》の水瓶とびきて、水をくみてゆく。そのとき、水瓶につきてゆきて見るに、水上に五六十町のぼりて、庵《いほり》見ゆ。行て見れば、三間ばかりなる庵あり。持仏堂《ぢぶつだう》、別《べち》にいみじくつくりたり。誠《まこと》に、いみじう貴《たふ》とし。物きよくすまゐたり。庭に橘《たちはな》の木あり。木の下に行通《ゆきかひ》したる跡《あと》あり。閼伽棚《あかたな》のしたに、はながらおほくつもれり。砌《みきり》にこけむしたり。かみさびたる事かぎりなし。窓《まと》の間《ひま》よりのぞけば、机《つくえ》に経おほくまきさしたるなどあり。ふだん香のけぶりみちたり。よく見れば、とし七八十ばかりなる僧の貴《たふと》げなり。五鈷をにぎり、脇息《けうそく》にをしかゝりて、ねぶりゐたり。

このひじりをこゝろみんとおもひて、やはら寄《より》て、火界咒《くはかいしゆ》をもちて加持《かち》す。火焔《くはゑん》にはかにおこりて庵につく。ひじり、ねぶりながら、錫杖《しやくぢやう》をとりて、香水《かうすい》にさしひたして、四方にそゝぐ。其とき庵の火はきえて、我衣に火をつけて、たゞやけに焼《やく》。下《しも》の聖《ひじり》、大声をはなちてまどふ。ときに、上《かみ》の聖、目を見あげて、しやくぢやうをもちて、下のひじりのかしらにそゝぐ。其とき火きえぬ。上のひじりのいはく、「何れうにかゝる目をば見るぞ」ととふ。答《こたへ》いはく、「これは、としごろ、河のつらに庵を結《むす》びて、おこなひ候。修行者《しゆぎやうしや》にて候。このほど、水瓶《すいひん》の来て、水をくみ候ひつるときに、いかなる人のおはしますぞとおもひ候ひて、見あらはし奉らんとてまいりたり。ちとこゝろみたてまつらんとて、加持しつるなり。御ゆるし候へ。けふよりは御弟子《でし》になりて、つかへ侍らん」といふに、聖人《しやうにん》は何事いふぞともおもはぬげにてありけりとぞ。

下の聖《ひしり》、我ばかりたふときものはあらじと、驕慢《けうまん》の心のありければ、仏の悪《にく》みて、まさる聖《ひしり》をまうけて、あはせられけるなりとぞ、かたりつたへたる。

貞享元甲子年十一月十六日
開版
川蔦平兵衛
八尾清兵衛

『昔物語治聞集』あとがき

中根さんからはじめて『昔話治聞集』についてご報告をうかがったのは、小峯和明氏が中心となっている「今昔の会」の二〇一三年春合宿でのことだったかと思う。小峯氏の立教大学退職を記念し、小峯氏より年少の参加者が全員研究報告を行うという前代未聞の千本ノック的研究会で、報告時間も質疑も限られたなかであったが、中根さんからは『治聞集』について、近世における中世説話の受容として注目すべきだという問題提起がなされたと記憶する。

その後中根さんから、中根ゼミ修了生である山下茜さんとの『治聞集』の研究会にお誘いいただいた。中根さんは当初から『治聞集』をテキストとして公刊したいとの希望を持っておられたので、しばらくは三人で分担して翻刻と分析を進めた。のちに私の大学院の先輩である加美甲多さんに加わっていただき、出版の運びとなった。私の怠惰で足を引っ張ってしまい先輩方には申し訳なさでいっぱいだが、無事公刊できてほっとしている。

研究会でも指摘された『昔話治聞集』が提起する問題の多くは加美さんによる「まえがき」にまとめられている。そのため、ここでは説話研究全体からみた本書公刊の意義について、若干触れておく。

近代の説話研究は『今昔物語集』を中心に進展しており、必然的に古代中世の仏教説話集の分析が盛んであった。しかし実際には近世は多くの奇談集が編まれた時代であり、最近は「怪談の世紀」として注目を集めている。また、井澤長秀（蟠龍）考訂の『今昔物語』が享保年間に上梓されて広まったように、版本として中世説話集が流通していたことも見逃せない。説話研究にとって近世は、開拓を待つ沃野であるといえる。遅れていた近世の説話研究に光を当てることが、本書公刊の目的のひとつである。

本書は、まずは簡便な中世説話へのダイジェスト、入門書として、近世人と同じように説話を読み、楽しむために利用ができると思う。さらに近世における中世説話の受容について考えるための素材として、さらに活用されることを期待している。
令和元年十月十日
久留島　元

【執筆者紹介】

加美甲多（かみ・こうた）
1978年生まれ。博士（国文学）。跡見学園女子大学専任講師。
共著に小島孝之監修『無住 研究と資料』（あるむ、2011年）、京都仏教説話研究会編『説話の中の僧たち』（新典社、2016年）、
論文に「『沙石集』と経典における譬喩―『百喩経』との比較を端緒として―」（『仏教文学』第34号、2010年３月）などがある。

久留島元（くるしま・はじめ）
1985年生まれ。博士（国文学）。京都精華大学特別任用講師。
共著に京都仏教説話研究会編『説話の中の僧たち』（新典社、2016）、東アジア恠異学会編『怪異学の地平』（臨川書店、2018）、
論文に「怪談伝承の定着と変奏―尼崎の事例を中心に―」『説話・伝承学』25号、2017年３月などがある。

中根千絵（なかね・ちえ）
1967年生まれ。博士（文学）。愛知県立大学教授。
著書に『今昔物語集の表現と背景』（三弥井書店、2000）、共編著書に『医談抄』（三弥井書店、2006）、『改訂版愛知で知る読む日本文学史15講』（三弥井書店、2020）などがある。

山下茜（やました・あかね）
1987年生まれ。元愛知県史編さん委員会文化財部会調査協力員。
論文に「流布本『沙石集』から排された沙と石」愛知県立大学文字文化研究所年報（4）2011がある。
本書では、表紙絵と挿絵も担当している。

『昔物語治聞集』

2020(令和2)年10月8日　初版発行

定価はカバーに表示してあります。

©編著者　中根千絵・加美甲多・久留島元
発行者　吉田敬弥
発行所　株式会社　三弥井書店
〒108－0073東京都港区三田3－2－39
電話03－3452－8069
振替00190－8－21125

ISBN978-4-8382-3371-7 C1093　整版　ぷりんてぃあ第二
乱丁・落丁本はおとり替えします。　印刷　エーヴィスシステムズ